Leopold Andrian

Der Garten der Erkenntnis

LITERATUR

Leopold Andrian

Der Garten der Erkenntnis und andere Dichtungen

Mit einem Nachwort herausgegeben von
Dieter Sudhoff

LITERATUR

Andrian, Leopold:
Der Garten der Erkenntnis und andere Dichtungen.
Mit einem Nachwort herausgegeben von Dieter Sudhoff.

1. Auflage 2003 | 2. unveränd. Auflage 2011
ISBN: 978-3-86815-542-6
© IGEL Verlag *Literatur & Wissenschaft*, Hamburg, 2011
Umschlagbild: Gustav Klimt, Fischblut (1898)
Umschlaggestaltung: Franziska Kutzick
Frontispiz: Leopold Andrian (1893)
Alle Rechte vorbehalten.
www.igelverlag.com

Igel Verlag Literatur & Wissenschaft ist ein Imprint der Diplomica Verlag GmbH
Hermannstal 119 k, 22119 Hamburg
Printed in Germany

Die Deutsche Bibliothek verzeichnet diesen Titel in der Deutschen Nationalbibliografie.
Bibliografische Daten sind unter http://dnb.d-nb.de verfügbar.

INHALT

Der Garten der Erkenntnis 11
Vorrede zur vierten Auflage 44

Hannibal. Romanzen-Zyklus 47
Der Schwur 49
Saguntum 50
Alpenübergang 55
Cannae 57
Zama 61
Der Tod 63

Erwin und Elmire. Fragmente 67
Die Sonne war schon lange Zeit hinabgesunken 69
Du solltest, liebe Freundin 70
Doch jetzt aus dunkler Zukunft mir entgegenschleicht 70
Ich weiß ja Freundin, wie Du bist 71
Du gleichst den wunderschönen Fraun 71
Ich gab das Einzige was mein, Dir hin 72
O, könntest Du in meine Seele schaun 72
Ich blick die großen Passifloren an 73
Wir waren müde waren reizbar 74
Drehorgellieder monoton erklingen 74
Ich lieb Dich nicht, wie ich Dich einst geliebt (I) 75
Es stöhnt in ... zum Gottessohn 79
Ich wär ein Dichter auch vielleicht geworden 80
[Im März, ein Samstagabend. Ende März in Wien] 81
Moderne Kunst! Dein Priestertum ist schwer 85
Ich war des Tages matt zu Haus gewesen 87

Du hast Dich in den Spiegel dann geschaut 89
Wir hatten enge uns umfaßt 89
Ich träumt daß eines Abends weißer, krankhaft süßer Flieder .. 90
Wir saßen still an eine Bank gelehnt 90
Wir hatten über Heine auch gestritten 91
Ich hab Dich lange sehr betrachtet 92
Nach all dem Sterben, das wir überwunden 94
Es war der Abend vor Deiner Reise 96
Ich hab so mit allen Fibern Dich geliebt 97
Abschied 99
Ja solche Stunden bleiben stets sich gleich 100
Und Du entschliefst. Bald lagst Du träumend da 101
Ich liebe Dich Du mystische Anemone 101
Es murmelt sinnlich-lau der Quell 103
Es wogt ihr Busen schwer und voll 103
Wer weiß ob des Erinnerns so kühle Hand 105
Schwarz in der grauen Nacht sah ich den Zug entfliehn 105
Ich hab mit unbewußtem Hohn 106
O Du nervöse, unerlöste Nacht 108
Sag hast Du Dir des Abends manchmal gedacht 109
O laß mich, laß mich 109
Ich lieb Dich nicht, wie ich Dich einst geliebt (II) 111
Du gleichest jenen wunderschönen Fraun 113
Du bist wie eine der wunderschönen Fraun 114
Die kranke Süßigkeit unsrer Nacht 114
Die Stunden da man von sich weiß 115
Die Welle die sie weiß umschäumt 116
Du bist wie eine jener schönen Frau'n 116
Ich liebte stets nur jene Fraun 117
Ein schwüler, regendurstger Maienmorgen wars 118
Die in des Himmels blassen Atlaspfühl 118
Du bist wie eine jener wunderschönen Frauen 119
Es phantasiert in trüber Pracht 120

Es phantasiert in grauer Pracht 121
Du starrst das Bild, das rätselvolle, an 122
Sahst Du im Spiegel des verträumten Wien 123
Sag an, was soll das tiefe Leid 123
Und wie Du schleppend die Worte sprachst 124
Es trinkt die todesmüde Erde 125
Mein Freund, mir ist als wär in dieser Nacht 125
Mit ihrem marmorbleichen Leib 126
Das sind die Küsse stimmungsschwer 127
Und manchmal, wenn die Lippe küßt 127
Die dann im lauen Monat Mai 128
Wenn ein Gedicht Du jemals, Freundin, liest 129
Es phantasiert in schwüler Pracht 129
Ein braungetäfelter, ein niedrig warmer Raum 129
Gleich einer jener hohen Frauen 130
Die hastigen Küsse der verkauften Fraun 130
O, könntest Du in meine Seele schaun 131
Ich sprach zu Dir des Abends einst im Mai 132
Du bist den Anemonen gleich 134

Erstdrucke in den „Blättern für die Kunst" 135

Sie schwieg und sah mit einem Blick mich an 137
Eine Locke 138
Klage der verfolgten Liebenden 139
Sonett (Ich bin ein Königskind, in meinen seidnen Haaren) .. 140
Der Feste Süßigkeit wenn sie zu Ende gehn 141
Dann sieht die Seele, daß sie nur ihr eignes Träumen fand! .. 142
Küsse 143
Nachlässig starb, zu langsam starb die Nacht 144
Sonett (Ich denke derer, die wir einstmals kannten) ... 145

Weitere Erstdrucke zu Lebzeiten ... 147

Der Achtzehnjährige ... 149
Noch liebt' ich nicht, doch in den Morgenträumen ... 150
Wir waren königlich in unsrer Liebe ... 151
Der früheste Morgen ... 152
Vorfrühling ... 153
O schön ist noch der erste saugend-süße Schmerz ... 154
Am Karfreitag I ... 155
Am Karfreitag II ... 156
Dem Dichter Österreichs ... 157

Gedichte aus dem Nachlaß ... 159

Sie sprach: Hörst Du die Glocken nicht ... 161
Das Gas ist ausgelöscht, doch das Gespenst der Nacht ... 162
Es war von jenen Nächten eine (I) ... 163
Es war von jenen Nächten eine (II) ... 164
Es gibt Gefühle, die wir nicht verstehn ... 165
Die grelle Kunst, die starke hastige Liebe ... 166
Die laute Kunst, die starke hastige Liebe ... 167
Das ist das Holz, das Kreuzesholz ... 168
Ich möchte sterben und Du schaust mich lächelnd an (I) ... 169
Ich möchte sterben und Du schaust mich lächelnd an (II) ... 170
Mit seiner rätselhaften Traurigkeit ... 172
Weil jener ew'ge Stimmungsnebel ... 173
Wie in uns vierzehnjährigen Knaben ... 174
Wer sagte nicht mit sechzehn Jahren ... 177
Du hast der Träume wunderbaren Reiz ... 179
Zu ihm über seine Küsse weinen ... 180
Wir möchten die Sekunden halten ... 181
Als sah ich uns nach dem Theater ... 182
Und es geschieht, wenn eine Liebe in uns stirbt ... 183
Es schlug fünf Uhr. Die Luft war rein und kühl ... 184

Ich zündete ein Licht und blickte auf die Uhr 185
Du bliebst Dir gleich
  und Deine fremde Schönheit blieb sich gleich 186
Sonett (Mit lauen Nächten und mit schwülen Tagen) 188

Textnachweise 189

Nachwort 197

Zeittafel 218

Literatur 229

Gedichttitel und Gedichtanfänge 234

Der Garten der Erkenntnis

Ego Narcissus.

Καὶ διὰ τοῦτο δρᾷ, ἵνα
πάθῃ, ὅ πάσχει, ὅτι ἔδρασεν.
(Ein Orphiker.)

Piu ch'un anima e alta e perfetta Piu senti
in ogni cosa il buono ed il malo.
(Dante.)

Ein Fürst, dessen Güter an Deutschland grenzten, heiratete um sein zwanzigstes Jahr herum eine schöne Frau. Er war sehr verschieden von ihr, aber sie liebte seine Verschiedenheit als ein lockendes und verheißungsvolles Geheimnis, von dem sie glaubte, es werde sich eines Tages wundervoll enthüllen. Im zweiten Jahr ihrer Ehe gebar sie ihm einen Sohn, der im Heranwachsen seiner Mutter ähnlich wurde. In der folgenden Zeit ermüdete die Erwartung in ihrer Liebe, denn die Verschiedenheit zwischen ihnen blieb gleich groß. Zehn Jahre später erkrankte der Fürst. In seiner letzten Zeit, als das Armband seinem Gelenk und die Ringe seinen Fingern zu weit wurden und sein Gesicht von Woche zu Woche wechselte, fühlte sie die frühere unruhige Liebe zu ihm, nur ohne die Hoffnung von früher, denn sie wußte, daß er sterben würde. Als er tot war, glaubte sie, nur sein Sterben habe ihr die Enthüllung des Geheimnisses geraubt, und sie trauerte um ihn. Aber der Erwin hatte ihre Hände und ihre Stimme; und der Klang dieser Stimme verwirrte und verkleinerte seltsam die Großartigkeit ihres Schmerzes. So kam es, daß sie ihn ins Konvikt gab.

Damals (er ging ins zwölfte Jahr) war der Erwin so einsam und sich selbst genug, wie niemals später; sein Körper und seine Seele lebten ein fast zweifaches Leben geheimnisvoll in einander; die Dinge der äußeren Welt hatten ihm den Wert, den sie im Traume haben; sie waren Worte einer Sprache, welche zufällig die seine war, aber erst durch seinen Willen erhielten sie Bedeutung, Stellung und Farbe. Doch im Konvikte war er den ganzen Tag mit dreißig Kameraden zusammen, von denen jeder seine Aufmerksamkeit erzwingen und in sein Leben eingreifen konnte. Dennoch mußten sie seiner Seele fremd bleiben und so schienen ihm ihre Eingriffe eine unerträgliche Willkür, sie aber fürchtete er als tückische Feinde. Trotzdem sah er ein, daß sein Leben in ihrer Gewalt war, und er begann über das Einzige, was er an ihnen zu verstehen glaubte, nachzudenken: über ihre Worte. Diesen legte er zu große Wichtigkeit bei und sie verwirrten ihn vollends; denn sie wechselten leichthin gesprochen; und ebenso wechselnd bedeutungsvoll und unverständlich waren ihm seine neuen Kameraden. Aber auch sein Leben, das von ihnen abhing, verstand er nicht; unvorhergesehen und grundlos kamen sogar seine Freuden: die Besuche seiner Mutter, ihre Briefe oder die Heiligenbilder, in denen der Duft ihrer Spitzen lag; grundlos in einem Dasein, dessen Gesetz nicht mehr aus ihm kam, war auch alles, was seine Seele dazu gab: manchmal ein Jubel am Schlittenberg zwischen endlosem, weißem Schnee und dem endlosen Blau des Himmels oder seine Traurigkeit an Sommerabenden.

Dieses Leben war wie eine fremde Arbeit, die er verrichten mußte, es machte ihn müde und den ganzen Tag freute er sich aufs Schlafengehen. Wenn dann oben im Schlafsaal die Lichter herabgedreht waren und seine Wange das kühle Kissen berührte, fühlte er einen Schauer der Befriedigung, wie ihn in der vollständigen Ruhe nur diejenigen empfinden, welche unglücklich sind.

Etwas später bekam der Erwin eine sehnsüchtige Neigung für alles im Leben um ihn, worin die Ruhe zu sein schien: Für die sanften Kongreganisten, mit denen er sich befreundete, für die meditierenden Patres, denen man im Park begegnete, für die

Funktionen in der Kirche und besonders für die entlegenen Teile des Kollegiums, wo versteckte Kapellen namenloser Heiliger lagen und auch das Bad.

Am Abend vor seiner ersten Kommunion erkannte er, daß diese Ruhe von Gott kam, daß sie ganz nur in Gott zu finden sei und er gelobte Priester zu werden.

Von da ab wurde ihm sein Leben leichter, weil er es als unwirklich ansah und als Ahnung des wirklichen Lebens darin nur seinen Anteil am Leben der Kirche. Er dachte oft an dieses zukünftige Leben in Gott; es mußte sehr schön sein; denn schon in diesen Ahnungen fand er Schönheiten so verschieden, wie das Gemurmel der glorreichen Litaneien zu Ehren der Mutter Gottes an warmen Maiabenden verschieden ist vom Gedächtnis der Toten am Allerseelentag, oder von jenem Karfreitag im frühen Frühling, an welchem Priester und Volk vor den entblößten Altären zum bösen Holze beten, an welchem das Heil der Welt gehangen hat. Aber er kannte noch andere Schönheiten. Die Schlösser auf dem Land im Herbst waren schön und die Zimmer in der Stadt waren schön, wenn in ihnen geräuchert war, und die Wagen und das Geschirr der Pferde mit dem Silber der Wappen und die Pferde selbst, o die Pferde waren schön, die Schimmel seiner Mutter und die Goldfüchse und der Viererzug von Rappen; und viele, viele andere Dinge gab es, die nicht in Gott waren, die er nie haben würde, und die doch schön waren: die Schönheiten der Welt.

Das Leben würde ein Kampf der Kirche gegen die Welt sein. Aber seine Gedanken gaben diesem Zweikampf eine so vielfältige Höflichkeit, ein so erhabenes Zeremoniell, so gesuchte Formen, daß er fast zu einer Parade wurde, zu einem Vorwand für die beiden großen ebenbürtigen Gegner, einander gegenüber zu stehen, die fremde Herrlichkeit zu bewundern, und an der fremden Größe der eigenen gewahr zu werden; so wie wenn von den Enden der Welt zwei Helden zu kämpfen kommen, der tapferste Held des Morgenlands und der tapferste Held des Abendlands, und sie sich begrüßt haben und mit gesenkten Lanzen und geöffneten Visieren fast des Kampfes vergessen, weil sie einander anschauen. Wie eine Vorahnung dieses einzigen Zweikampfes genoß er auch die verweichlichenden Freuden der Ausgangstage in Wien, genoß sie um so mehr, weil er sich wie der Gesandte eines fernen Königs in einem fremden Reich fühlte, dem er morgen den Krieg erklären wird, aber dessen festliche Aufzüge, Spiele und Schauspiele zu seinen Ehren er heute noch bewundert.

Damals war der Erwin meistens mit einem Polen zusammen, dem, so wie ihm, das Essen nicht schmeckte, und der immer von Zuhaus sprach. Eigentlich war ihm Lato, der ganz lichtes Haar und ganz lichte Augen hatte, lieber; aber der ging mit seinen Feinden. Diese hatten gemerkt, daß der Erwin sich vor ihnen fürchte, und deshalb überfielen sie ihn einmal am Schlittenberg. Sie warfen ihn auf den Boden und es gelangte dabei viel Schnee an seinen Hals; davon bekam er eine Lungenentzündung. Noch während seiner Rekonvaleszenz besuchten sie ihn, und da fand er, daß sie liebe Burschen und eigentlich gar keine Feinde seien.

Sobald er gesund war, fuhr er mit einem Pater nach Bozen. Den ganzen Tag freute ihn die Reise; nur des Abends, als in den Dörfern, an denen sie vorbeikamen, die Lichter sich entzündeten, bereitete es ihm Schmerz, nicht in diesen Dörfern leben, oder nicht wenigstens die Menschen, die in ihnen lebten, sehn zu können. Dann stieg in Innsbruck ein Offizier ein, ein Lieutenant bei Kaiserjägern; er war nach Riva versetzt worden und diese Versetzung freute ihn, denn er hatte schon seit mehreren Jahren einen Husten, der nicht besser wurde. Er war sehr jung, nicht sehr elegant und von einer schüchternen und rührenden Höflichkeit; seine Art zu reden war etwas umständlich und er betonte ein wenig die tonlosen Vokale. Der Erwin hatte ihn gern. Als sie in Bozen ausgestiegen waren, sprachen sie von ihm; er habe die Schwindsucht, sagte der Pater, und werde wohl bald sterben müssen. Die ganze Nacht dachte der Erwin an ihn und daran, daß er sterben müsse; es schien ihm grauenhaft, daß er ihm nie wieder begegnen solle; und plötzlich fiel ihm mit verzweiflungsvoller Reue ein, daß er nicht einmal seinen Namen wisse.

Drei Jahre studierte der Erwin in Bozen. In der ersten Zeit kamen ihm viele Erinnerungen ans Konvikt. Aber nicht diejenigen Dinge kamen ihm, welche ihm dort lieb gewesen waren; sein Leben trat vor ihn hin, das er damals verachtet hatte; es trat lockend hartnäckig, fast körperlich vor ihn hin und schaute ihn vorwurfsvoll und sehnsüchtig an; er sah die Fahrten nach Wien in den lärmenden Stellwagen, bei denen man sich freute, aber bei denen man fror; er sah die Uniform und die Kappe, an der man das Sturmband hängen ließ, weil das damals die Offiziere taten; er sah das Gas an den himmelblau getünchten Wänden brennen; er sah die Nachmittage der großen Feste, an denen niemand mit ihm ausging und er nicht wußte, was er anfangen sollte und herumstand. Sehr oft sah er auch Lato, mit seinen lichten Augen und seinem lichten Haar, den er wenig gekannt hatte. Freilich war ihm dieses Leben jetzt auch von der Schönheit schön, die er zur Zeit, als er es durchlebte, in anderen Erwartungen fand. Aber das merkte er nicht, und er sehnte sich in das Konvikt zurück zu kehren.

Trotzdem hatte er vieles in Bozen gern: die grünen Kirchtürme, den feuchten tiefen Klang der Glocken, die immer läuteten, und den Frühling, wenn die Obstbäume blühten.

Damals trat im Bozner Theater eine Sängerin auf, die aus den großen Städten kam und die es verstand, durch alle Wirklichkeiten eines stilisierten und gesteigerten Lebens ihre Rolle wirklich zu machen und dennoch gleichzeitig dieselbe Rolle als eine Lüge, als den Vorwand zu einer einzigen großen huldigenden Prostitution an die Zuschauer zu zeigen. Diese Zweiheit des Spiels färbte dem Erwin sonderbar ihren Reiz; denn ihre Gemeinheit, Laszivität und Hingebung wurden durch das Theater, die Musik und die Lichter zu einer großartigen schattenhaften insolenten Proklamation, aber das Gepränge und der Jubel auf der Bühne mischte sich mit dem Beifall der Zuschauer zu einem seltsam wirklichen und sehr hohen Triumph für sie und für ihren sehr kostbaren Leib. Ein Augenblick besonders ergriff den Erwin immer. Das war, wenn gegen Schluß des Stückes das Orchester leiser und süßer wurde, und der Chor auseinander trat, und alle auf sie warteten und sie selbst vor die Lichter kam, brennend von Schminke, mit leuchtenden Augen und dem etwas faden Lächeln der Apotheose, und mit einer Rührung in der Stimme, an der ihn besonders rührte, daß sie erlogen war, die leichtsinnige und lügnerische Moral ihrer Fabel in die Menge warf. Zufällig hörte der Erwin, daß sie im Leben alt und nicht schön sei; von da an war sie ihm noch merkwürdiger. Endlich entschloß er sich, sie zu besuchen; er hatte dabei große Angst. Sie lebte in einem Zimmer mit einem Schauspieler zusammen; sie war wirklich nicht schön und sie war alt, aber dennoch war sie wie ein Mädchen.

Im ersten Schuljahr hatte der Erwin keinen Freund; nach den ersten Ferien kam Heinrich Philipp nach Bozen. Heinrich Philipp war eigentlich kein Österreicher, aber bei der Entthronung König Roberts, seines Verwandten, war sein Vater nach Österreich ausgewandert; in Wien hatte Heinrich Philipp bis zu seinem sechzehnten Jahr gelebt, und von Wien sprach er immer dem Erwin. Heinrich Philipp hatte drei Eigenschaften, die jeder, der ihn kennen lernte, sogleich bemerkte wie drei leuchtende Edelsteine. Es war eigentlich eine Tugend und ihre Anwendungen. Er besaß die große Güte der Heiligen, die wie ein Verstehen des tiefsten Grundes in allen Wesen ist; höflich war er, indem er ihr jedem einzelnen gegenüber die passende Form gab, und liebenswürdig, weil er so viel an die anderen dachte. Manchmal, wie ihn der Erwin besser kannte, schien er auch ganz verändert; es war, als spräche er über den Erwin weg zu sich selbst zurück; dann erfuhr der Erwin Worte, die er nicht gekannt, und die Bedeutung anderer Worte, die er nicht verstanden hatte; oder eigentlich erfuhr er nur, daß es eine Reihe von Geheimnissen gab, auch in dem, was ihm geheimnislos gewesen war, und daß es Dinge gab, die schlecht und verboten und zugleich reizvoll waren. Auch von Wien sprach Heinrich Philipp dann, aber in einem andern Ton wie sonst; und der Erwin verstand dunkel, daß eine Seite im Wiener Leben mit diesen verbotenen Worten irgendwie zusammenhing: die Opernbälle, die Sofiensäle, der Ronacher und das Orpheum und der Zirkus und die Fiaker.

Die Beschaffenheit seiner Erinnerungen an das Konvikt und der Umgang mit Heinrich Philipp bewirkten allmählich, daß der Erwin den Wechsel seiner Erwartungen in eine andere Forderung an die Zukunft kleidete. Er hoffte ihre Erfüllung von Wien und von der großen Welt; undeutlich dachte er an ein Leben, in dem man das Schönste, was es gab, in den schönsten und vielfältigsten Formen genoß. Aber in der Ruhe seines jetzigen Daseins fühlte er manchmal einen seltsamen Drang nach Unruhe, halb Neugier nach Entdeckungen, halb Lust, das was er sonst wollte, zu verneinen. Dieser Drang war nicht stark; aber er war doch froh zu wissen, daß es auch dafür in seinem zukünftigen Leben eine Befriedigung gab. Die würde er in den Dingen finden, von denen Heinrich Philipp so sonderbar und geheimnisvoll sprach: in den Opernbällen, in den Sofiensälen, im Ronacher und im Orpheum und im Zirkus und in den Fiakern.

Dennoch dachte er noch oft ans Konvikt, an seine Freunde und besonders an Lato.

Heinrich Philipp blieb nur einen Winter in Bozen; dann war der Erwin wieder allein; aber auch er sollte nach Wien kommen und im dritten Jahr wartete er schon ungeduldig darauf. Es freute ihn nichts mehr in Bozen, als die langen Spaziergänge mit einem alten Priester, der Physiker war und ihm aus seinem Leben erzählte und von seiner Wissenschaft sprach. Diese schien dem Erwin zwar bedeutungslos, aber dennoch hörte er auf die Erzählung von den Magneten, vom Wechsel der Farben und von der Anziehung der Stoffe, so wie er als Kind auf die Erzählung von Zauberern hörte, da er schon wußte, daß es keine Zauberer gab. Etwas wie ein Zauberer schien ihm der alte Priester, in dessen Macht es stand, durch Einwirkung auf das Laich der Tiere zwei Frösche für ihr Leben unzertrennbar zu verbinden.

Die Sommer dieser Zeit war der Erwin entweder auf dem Lande bei seiner Mutter oder er reiste mit seinem Hofmeister im Gebirg. Einmal auf einer solchen Reise in Tirol kam ihm Sehnsucht nach der Bukovina, zugleich mit der Erinnerung an einen Kameraden, der dort zu Haus war. Jetzt konnte er nicht hinfahren und damit ging ihm etwas unwiederbringlich verloren, das fühlte er; daß er die Bukovina später sehen könne, tröstete ihn nicht. Von diesen Sommern blieben ihm die langen Abende an den großen Kärntner Seen in Erinnerung, die Abende, an denen es nicht kühler wird. Auch die Menschen, die dort den ganzen Sommer zubrachten, fielen ihm wieder ein, Schauspielerinnen, Militärakademiker und junge Wiener Mädchen mit schönen weichen Gestalten in weißen Kleidern mit großen farbigen Seidenschleifen.

Als der Erwin nach Wien kam, war er siebzehn Jahre alt; bald nach seiner Ankunft fuhr er ins Konvikt hinaus. Bei dieser Gelegenheit versprachen ihm mehrere Kameraden, sie würden ihn zu Weihnachten besuchen. Darauf freute er sich und besonders auf Lato; aber er wartete ebenso ungeduldig auf einen Neueingetretenen, den er jetzt erst kennen gelernt hatte; das war ein häßlicher Bub mit großen Augen, der schlecht lernte, und, weil er nicht reich war, Offizier werden wollte, um zu einem Erzherzog zu kommen.

Der Erwin besuchte die Kameraden öfters in den ersten Monaten, aber allmählich vergaß er sie und liebte nur mehr Wien. Er liebte die großen Barockpaläste in den engen Gassen und die tönenden Inschriften an unseren Monumenten und den spanischen Tritt der Pferde und die Uniformen der Garden und den Burghof an Wintertagen, wenn die laute und prunkende Musik wärmend und lösend durch die Glieder der Menge zieht, und er liebte die großen Feste, die alle feiern, und besonders jenes Fronleichnamsfest, an welchem der gebenedeite Leib unseres Herrn und Heilands Jesus Christus mit nicht minderem Glanz und unter nicht minderem Jubel zu uns kommt, wie einstmals in jenen festlichen Tagen Kaiser Karl der VI., da er bei der Rückkehr aus seinen hispanischen Landen in seine allergetreueste Reichs-Haupt- und Residenzstadt Wien einzog.

Dem Erwin gefielen auch die Auslagen der Geschäfte mit dem einfarbigen Drap von Wagendecken oder dem dunkeln Battist der Taschentücher zwischen lichten blühenden Seiden; ihm gefielen die Viererzüge von Rappen zwischen den rosa Blüten des Praters; ihm gefiel es, daß die Fiaker so elegant waren, wie seine Freunde, und seine eleganten Freunde gefielen ihm mit der hoch und nachlässig gezogenen Linie ihres Lebens; aber am besten gefiel ihm, daß sie manchmal die ganze Nacht bei einer Dorfmusik tanzen konnten und über ein Wort froh werden, oder bei den Gedanken, daß sie Wiener seien und daß in Wien sogar die Drehorgeln auf der Straße richtig spielen. Es schien ihm die Wiener Art den anmutigen stets weiter lockenden Reiz eines Lichtes zu haben, von dem man nicht weiß, ob zwei Farben in ihm sind, die beständig in einander gleiten oder eine Farbe, die in allen ihren Tönen schillert.

Oft berauschte ihn das Gefühl der vielen, vielen Genüsse, die ihm Wien noch aufbewahrte und der Gedanke, daß unter ihnen das Geheimnis war, in dem der Grund dieses Reizes lag. Damit beschwichtigte er auch den Drang nach dem „Andern", der ihn stärker und häufiger wie in Bozen überkam; denn alle Dinge, in denen es zu finden war, lagen ja in seinem Bereich: die Opernbälle, die Sofiensäle, der Ronacher und das Orpheum und der Zirkus und die Fiaker. Er sagte das „Andere" und hatte dabei das Gefühl, nach irgend einer Richtung erstrecke sich eine Welt, in der alles verboten und geheim sei, gleich groß mit der, die er kannte. Besonders die Fiaker schaute er mit einer eigentümlichen ängstlichen Aufregung an. Manche sahen den jungen Herren sonderbar ähnlich; daß in dieser Ähnlichkeit der Gegensatz lag, mußte mit der Beschaffenheit des „Anderen" zusammenhängen. Einer besonders gefiel ihm, wenn er im Frühling in den Prater fuhr; seine Pferde hatten Bouquetten von Veilchen im Geschirr, er aber saß da, etwas nach vorne gebeugt, die Zügel hoch und weit auseinander gehalten, mit einer gesuchten Gebärde der Arme, starr und doch seltsam lebend, wie eine graziöse und etwas manierierte Zeichnung in der manierierten Eleganz seines Zeugels.

Im Juni des zweiten Jahres lud den Erwin ein Freund ein, mit ihm und mit ein paar Fiakern zu einem Heurigen hinauszufahren. Sie blieben die ganze Nacht dort, an einem der kleinen Tische zwischen den Akazien, deren Duft für sie eins mit der Musik wurde; aber der Erwin fand nicht in den Fiakern, was er von ihnen erwartet hatte; sie glichen wirklich den jungen Herren, nur wie ihr Stil in der Kleidung, so waren auch die Gegensätze ihrer Seelen stärker herausgearbeitet. Sie konnten noch kindlicher sein und die Formen ihrer Höflichkeit waren zarter, aber verschnörkelter.

Manchmal in den Ferien fiel dem Erwin ein, daß ihm die Fiaker das „Andere" nicht gezeigt hatten; auch die Welt verlor ihren Reiz für ihn, da ihr keine andere Welt, die sie verneinte, entsprach. Im Herbst, eh' er in die Stadt ging, war er viel auf den Bergen; es war ihm, als habe er auf den Almen und Sennhütten, durch die er kam, etwas zurückgelassen oder vielmehr mitzunehmen vergessen; er fürchtete sich vor der Stadt, in der man den Herbst wie einen verwüsteten Sommer empfindet.

Kurz vor Weihnachten befreundete sich der Erwin mit einem seiner Mitschüler, den er die vorhergehenden Jahre nicht beachtet hatte. Der Clemens war arm und sehr einfach; er war neugierig, verdorben wie ein Gassenbub und fast pathetisch unschuldig; alles in seinem Gesicht war hell, bis auf die schwarzen Ringe um seine Augen. In seinem lichten Haar, das matt aussah, wie wenn es gepudert wäre, im weichen Reichtum der bewegten Linien seines Gesichtes und unter seinen Augen vor allem lag die rührende Schönheit der späten Zeiten. Er hatte die Stimme jenes Offiziers, mit dem der Erwin nach Bozen gefahren war; aber er glich ihm nicht. Der Erwin liebte es, ihn anzusehen und seine Stimme zu hören; mehr noch freilich liebte er es, im Frühling mit ihm in den Prater zu fahren, oder ihn mit seinen ehemaligen Freunden zusammen zu bringen, die ihn nicht verstanden. Er liebte es auch, ihn mit neu erfundenen Parfüms zu besprengen oder ihm jene Dinge zu schenken, deren Schönheit man, weil sie überraschend und unharmonisch ist, Eleganz nennt: jene Stoffe und Gewebe aus Paris, seltsam in Zeichnung und Farbe, und goldene Armbänder und Zigarettentaschen aus Silber oder Stahl mit einem ganz kleinen Wappen darauf oder einem großen Namenszug. Oft gingen sie auch zu den Heurigen vor die Linie und zu den großen Militärkapellen; beide ergriff die schlechte Musik der Walzer mit ihrem ewigen Einerlei von Süße und Gemeinheit; und aus den weichlichen und aufreizenden Gesängen einer Kultur, die sich bespiegelt, kam ein einschmeichelndes Gefühl dumpfen Glückes über Clemens und über den Erwin: eine Liebe ihrer selbst oder eine Liebe zu einander oder eine Liebe zu allem, was sie geliebt hatten, oder eine Liebe zu diesem österreichischen Vaterland, das ja alles gab und vor dem kein Entrinnen war.

Dann kam die Zeit des ersten Frühlings, die den Erwin immer müde machte und in der er schlecht aussah, aber dieses Jahr schlechter wie sonst. Im zweiten Teil des Frühlings, in dem die Gärten schön sind, ging er nach Schönbrunn oder Laxenburg oder in den Volksgarten, aber immer allein. Dann sprach er Verse, deren Inhalt mit ihm nichts zu schaffen hatte, aber deren Klang ihn bewegte. Und in diesen kraftlosen Versen Bourgets kamen zwei Worte immer wieder und gaben ihm immer wieder einen Schauer, in dem jetzt vereinigt das Versprechen aller Hoheit und aller Niedrigkeit lag, die er früher getrennt gesucht hatte. Das waren die Worte „die Frau" und „das Leben".

Als der Duft der Akazien den Duft des Flieders zu übertönen begann, starb kurz vor Erwins Matura auf einem Schloß in Niederösterreich Lato. Der Erwin fuhr zum Begräbnis hinaus; er wunderte sich selber, daß er ganz kalt blieb, sogar beim Anblick der Leiche.

Nach der Matura waren Erwin und Clemens noch drei Tage mitsammen auf dem Land. Die letzte Nacht blieben sie in einem Bahnhofhotel in Bruck, denn Clemens' Zug ging erst um drei Uhr des Morgens. Das Aufstehen war unangenehm und es wurde kalt; beide waren unruhig und fürchteten, etwas zu vergessen; hastig durcheinander tranken sie Tee und Cognac. Auf einmal überkam den Erwin das Gefühl einer großen Armut; es war ihm, als habe sein Freund alle Reichtümer in sich und nehme sie mit sich fort; aber auch die Zeit ihres Zusammenseins schien ihm nichts von diesem Reichtum empfangen zu haben; er verzweifelte; sie war so schlecht genutzt und er hätte sie ganz um eine weitere Stunde von jetzt gegeben. „Clemens", sagte er. Clemens verstand ihn, aber er konnte ihm nicht helfen; einen Augenblick standen sie sich gegenüber in ihrer unfruchtbaren Schönheit, von der sie einander nichts geben konnten; dann schaute durch das Fenster die Landschaft herein, Getreide, Wiesen und Himmel, jedes in seiner Farbe, aber unnatürlich wach, in einem Reiz, dessen Ton zu hoch gespannt war, denn noch schien keine Sonne. Dann begannen ihnen die Kerzen aufzufallen.

Auf dem Land kam Erwin vieles aus seinem bisherigen Leben wieder und rührte ihn: Abende, an denen er mit Clemens im Theater gewesen war, Spaziergänge mit seinem Hofmeister in Schönbrunn und die Morgen der Beichttage, an denen er früh aufstand. Manchmal erschien ihm Clemens im Traum, aber selten so, wie er war; meistens war eine Seite an ihm gesteigert, er war verdorbener oder ärmer oder trauriger oder von einer anderen Schönheit. Es rührte den Erwin auch die Erinnerung an den Hof seines Gymnasiums und an die Straßen, durch die er ins Gymnasium gegangen war, und die Lithographie des Kaisers im Schulzimmer seines Gymnasiums. Noch immer berauschte ihn der Ton seiner eigenen Stimme und der Klang der Verse berauschte ihn. Aber er suchte jetzt eine Beziehung zwischen ihrem Inhalt und diesen Erinnerungen, denn er wußte, daß diese Erinnerungen sein Leben waren. Dennoch lag in ihrer weichen, traurigen Schönheit nicht dasjenige, was ihm sein

Schauer und die Worte des Dichters vom Leben versprachen: Schmerz und Jubel, Erhabenheit und Gemeinheit und die ganze Fülle dessen, was Himmel und Hölle birgt, aber so vermengt, in einer solchen Bewegung durcheinanderfließend, so eins durch sie, daß man das Ganze als eine geheimnisvoll zitternde Glorie empfand. Das aber lag nicht in seinen Erinnerungen, und er begann allmählich zu glauben, daß durch das zweite Wort, daß durch die Frau eine Offenbarung über ihn kommen und das Leben wundervoll gestalten und es erhellen würde, eine Offenbarung, für die das ganze Leben nur die Form und das vorhergehende nur die Vorbereitung war. Und darum, meinte er, rührte es ihn auch, so wie ihn als Kind die stille Jugend des Heilands zu Nazareth gerührt hatte, von der er wußte, daß auf sie der königliche Einzug in Jerusalem folgen müsse und die Traurigkeit am Ölberg und die Einsamkeit des Karfreitags am Kreuze und der Ostersonntag, an welchem Er auferstand und die Pforten der Hölle überwältigte.

Der Erwin wartete nicht ungeduldig auf diese Offenbarung, ihm genügte das Bewußtsein, daß sie kommen werde.

In die Stadt zurückgekehrt, litt er unter Wien. Denn was immer zu Wien gehörte, empfand er jetzt als bedeutsam; die Wesen und Dinge hatten jedes einen Sinn für sich und eine andere Beziehung zu ihm; er fühlte sie jetzt nur dumpf, aber er wußte, daß sie ihm nach der Erleuchtung klar und kostbar werden würden; und so suchte er mühselig zusammen zu raffen, worauf sein Auge fiel, um es für den großen Augenblick aufzubewahren. Er war wie ein Jüngling in der Höhle, in der sich alle Schätze der Welt zu verschiedenfarbigen Erden verzaubert befinden; das eine Wort, das sie verwandelt, wird ihm ein gottesfürchtiger Greis sagen; aber er darf in der Höhle nur wenige Augenblicke bleiben und weil er das Wort nicht weiß, so weiß er nicht, mit welchen Erden er sich beladen soll, denn alle sind ähnlich, obwohl die einen Bernstein, Korallen, Onyx, Jaspis, Chrysopras geben und andere Metalle und einige Diamanten und manche Agate, Türkise, Saphire, Aquamarine und eine die schwarzen, grünen, blaßgelben, rosigen, milchfarbenen Perlen und wieder eine die Opale, die er so sehr liebt.

Alles hatte seine sinnreiche Schönheit: die Kathedralen des Mittelalters und die großen gelben Barockkirchen, deren Heilige an Sommertagen sich lässig in den blauen Himmel hinaufwinden, und die kleinen mittelalterlichen Kirchen im Gewirr der Häuser und die armen Kirchen der zwanziger Jahre in der Vorstadt. Alle Heiligenbilder waren schön, die goldenen geschnitzten Heiligenbilder, die niemals leer stehen, und die Heiligen auf den lärmenden Brücken, leuchtend von Blumen, Licht und Farbe, und die stillen Heiligenbilder, die in die Häuser eingelassen sind, in welchen die Dirnen wohnen; alle Häuser waren schön: die schwarzen Paläste mit ihren Dianen und Apollen, die einstöckigen farbigen Häuser der Vorstadt, in denen man des Abends leben sah, und die kleinen Schänken auf dem Land mit dem verwischten Ölbild eines Feldherrn oder eines Künstlers und die Häuser mit riesigen Höfen und gewundenen Durchgängen und einem Gewirr von Stiegen, und die neuen großen Häuser zwischen ihnen, auf deren kahlen Wänden in der Dämmerung die riesigen bunten Inschriften der Reklame leuchten; und alle Gärten waren schön, die festlichen Gärten der Schlösser mit Statuen, Trophäen und viereckigen Teichen und die öffentlichen Gärten voll Blumen und Musik, und die verstaubten Gärten der Vorstadt, in denen Soldaten und Mädchen mit offenem Mund schlafen; und alle Musik, von der die Stadt durchflossen war, hatte ihren Sinn, auch die seltsame Musik der Werkel, vor denen man stehen bleibt und von denen die Walzer des Frühlings verödet und traurig in den Herbst erklingen. Und alle Menschen hatten ihren Sinn; alle

Offiziere, die eleganten Gardisten und die Anderen, die das Haar tief in die niedrige Stirn tragen, und die Einfachen, die nicht elegant sind; und alle Soldaten und vor allem die großen ernsten tragischen Bosnier; und die Gesichter aller Völker des Reiches, die treuen manchmal leise leidenden Gesichter der Böhmen und die Slowaken mit ihren starren, tiefen sehnsüchtigen Augen. Manchmal überkam den Erwin eine große Neugier nach den Menschen, die seiner Ahnung von ihrer Verschiedenheit und seiner Ahnung von der Mannigfaltigkeit des Daseins entsprang; er empfand sie als den Wunsch, vom Zufall der Straße geleitet, aus den Zügen, Gebärden und Worten der Menschen ihr Leben zu entnehmen. Aber das kam ihm wie eine Gottlosigkeit vor, wie die Versuchung, ein übernatürliches Geheimnis auf natürlichem Wege zu ergründen.

Zwischen diesen Stunden des Reichtums kamen andere der Öde, die so unerträglich für seine Seele waren, wie es fürs Auge ist, ins Leere zu schauen. Einmal in Schönbrunn überkam ihn diese Öde besonders stark, indem ihm nicht bloß die Dinge nichtssagend erschienen, sondern auch seine Gedanken von sonst an ihm abglitten, auseinanderliefen und ihn allein ließen. Wenige Tage später freilich an einem Januarabend fühlte er dort den unsagbaren Reiz einer Statue, auf der sich zwei Frauen umschlungen hielten; hinter ihnen stieg über wenigen Sternen ein hoher grauer Himmel auf, die Erde war weiß von Schnee, nur etwas Licht von einem verwischten Mond fiel auf sie.

Manchmal konnte der Erwin Tage lang wieder Neigung und Mitleid für Clemens empfinden; einmal versuchte er, mit ihm zu reden; aber ihr Gespräch war unheimlich; es ging ohne sie weiter, gleichzeitig mit ihren Gedanken aber einen andern Weg, und ihre Worte klangen anders als sie gesprochen waren.

Ein Jahr später lebte der Erwin mit einer Frau. Sie war schön von der Schönheit der späten Büsten, bei denen man einen Augenblick zweifelt, ob sie uns einen jungen asiatischen König zeigen oder eine alternde römische Kaiserin; und dieser Schönheit hatte sich die Bewunderung der Fürsten, der Künstler und der Menge seit zwanzig Jahren aufgedrückt; sie glich einer Triumphsäule ihres eigenen Lebens, der das Unzählige eingeprägt war, was man von ihr erhofft und in ihr gefunden hatte, und darüber in prunkvollen Zügen das große herrliche Schicksal, das ein solches Leben ist. Besonders ihr Lächeln war voll davon, ihr schönes Lächeln, das beständig von ihren leise geöffneten Lippen sickerte und wie ein wundervolles Almosen an die Menge, vermengt mit dem Duft ihres grauen Ambras, hinter ihr zog, wenn sie über die Straßen ging oder über die Stiegen der großen Theater.

Alle Wunder, die der Erwin von der Offenbarung erwartet hatte, waren in ihr, aber er fand keine Offenbarung. Wenn ihm sein früheres Leben eine Ahnung davon zu geben schien, so war sie ihm die Geschichte davon: die Geschichte, in der alles, was leuchtend war, glänzend wird, und auch das Niedrige groß, aber vieles von dem, was uns Weisheit schien, nur geistreich.

Einmal an einem Maiabend ging der Erwin durch die Stadt; es regnete, er fühlte Sehnsucht nach der Fülle der Erlebnisse, deren Möglichkeit in ihm war. Zuerst kam er durch enge Gassen, in deren Torwegen Mädchen standen. Jede Farbe an ihren Sommerkleidern leuchtete einzeln und schmeichelnd im milden Grau. Aber dann ging er an Gärten vorbei; in diesen begannen die Pflanzen zu duften und es waren zu viele; ihre Düfte hatten sich noch nicht gemengt, streiften einander und wollten sich vereinigen. Dann gelangte er in die Vorstadt; aus einem niedrigen Haus floß Gesang und Musik vermengt auf die Gasse; an die Fenster, hinter deren roten Vorhängen man helles Licht sah, preßten seltsame Kinder ihr Gesicht. Der Erwin ging hinein. In einem kleinen Zimmer, dessen Luft blau von Rauch und schwer vom Atem der vielen Menschen war, sprach beinahe gleichgültig, fast traurig, ein junger, magerer, geschminkter Mensch mit scheuen Augen, im Frack mit gebranntem Haar, die jubelnden Lieder der Schrammeln. Dann sang eine Frau mit bloßen Schultern Gesänge auf Wien. Und wie sie das zweite Lied sang, begann die Melodie durch die Glieder der Menschen zu rieseln; sie neigten ihr Haupt auf die Seite, ihre Lippen öffneten sich, und wie verzaubert von Liebkosung starrten ihre Augen; und wenn der Walzer lockend und lächelnd pochte, so lächelten sie ein wenig geziert, und wenn der Walzer rührend und süß zerfloß, so wurden sie willig sich hinzugeben. Nur die bosnischen Soldaten an einem getrennten Tisch in der Ecke beim Kruzifix blieben ganz ernst. Ganz ernst blieb auch einer, der neben dem Erwin saß. Nur von Zeit zu Zeit sah er den Erwin an und als man ihm seinen Wein brachte, reichte er das Glas dem Erwin, damit er zuerst daraus trinke. Als ihm dann der Erwin eine Zigarette gab, schien sein Körper in seltsam schmeichelnder und demütiger Dankbarkeit kleiner zu werden, indes sein Auge flehend aber ruhig zum Erwin sah. Und während ihm der Erwin ins Gesicht schaute, fiel ihm plötzlich dessen Gegensatz, das Gesicht seiner Geliebten ein, mit geschlossenen Augen wie eine Maske unter dem Helm ihrer goldfarbenen Haare in der öden und hochmütigen Schönheit des Todes. Im niedrigen Gesicht des Fremden war Sanftmut und Bosheit, Furchtsamkeit und Drohung und das ganze Leben, aber wie im Leben zugleich; denn es änderte sich nicht, wenn er sprach, nur sein Körper wand sich wie unter einer inneren Bewegung, die ihn überwältigte. Seine Gebärden waren weit, als wollte er vieles sagen, aber kraftlos und lässig, als sei er zu schwach dazu. In seinen gelösten Gliedern war die Weichlichkeit eines, der des Morgens erwacht; aber seine Kleider waren dürftig, sein Hals bloß und ihn fror nicht. Als der Erwin hinausging, kam ihm der

Fremde nach und bat ihn um Feuer; sie gingen durch die Vorstadt gegen die Bahnen zu und der Fremde erzählte sein Leben; der Erwin wußte, daß er log, aber er wußte auch, daß in dieser Lüge irgendwie die tiefe dunkle vielfältige Wahrheit lag. Endlich waren sie draußen, wo das Land anfängt, dessen farbloses zertretenes Gras von Planken umschlossen wird. Der Fremde fragte ihn, wohin sie gingen; das wußte der Erwin nicht und er bekam Angst und wandte sich gegen die Stadt zu. Der Fremde bettelte ihn um ein Almosen an.

Bald darauf wurde der Erwin zwanzig Jahre alt. Um diese Zeit bedrückte es ihn, daß er die Lösung des Geheimnisses vom Leben nicht gefunden hatte, und um sie zu finden, beugte er sich tiefer und ängstlicher über seine Vergangenheit. Da wurde ihm vieles klar. Er bekannte, gefehlt zu haben, indem er das Wunder des Lebens in etwas anderem als wie im ganzen Leben selbst gesucht hatte, im Leben, das immer gleich wundervoll ist, weil es sich selber gleich bleibt, da es morgen sein wird, wie es gestern war, weil es ja heute nicht anders ist. Darum auch, weil jedem sein Leben das einzige Wunder war, konnte keiner dem andern eine Offenbarung darüber geben, noch von einem andern eine Offenbarung darüber erlangen. Er hatte das Geheimnis mit der Gewähr für dessen Lösung verwechselt, als er diese Lösung aus den Menschen erwartete. In ihnen lag das Geheimnis, oder es lag vielmehr darin, daß alle Menschen, unerkannt und andere nicht erkennend, fremd durch die Rüstung ihrer täglich sterbenden Schönheit vom Leben in den Tod gehn. Jetzt bekamen seine Erinnerungen einen gesteigerten Wert für ihn; sie waren früher rührend gewesen, jetzt wurden sie ihm erhaben und kostbar; sie waren ja sein einziges Erbteil, sie waren sein Leben und dieses Leben war die Quelle der Schönheit; denn die Menschen, deren Erinnerung ihn bewegte, bewegten ihn nur, weil er an ihnen gelebt hatte, und es bewegten ihn ebenso die Häuser, auf die sein Fenster ging, oder die Straßen, durch die er geschritten war.

Trotzdem ergriffen ihn die Lippen, die Augen und die Haare vieler Menschen, denen er begegnete; aber er sprach nicht mit ihnen und war meistens allein.

Denn es schien ihm die königliche Verschwendung des Daseins und die unsagbare Erhabenheit der Seele in solchen Begegnungen zu liegen; es war wunderschön, daß der einsame Tod, welcher das Leben ist, uns nicht verhindern kann, eine fremde Schönheit, die wir nicht verstehn, die sich uns nicht enthüllen und uns nichts geben wird, nur weil sie schön ist, zu bewundern; es war wunderschön, daß wir, obwohl Menschen, dennoch Künstler sind, Künstler wiederum darin, daß wir nicht einmal klagen, wenn uns diese Schönheit entgleitet, sondern sie grüßen und über sie jubeln, weil uns ein Schauspiel mehr wie unser Schicksal ist.

„Das Fest des Lebens", sagte er; es war wirklich ein Fest, dessen erlesenste Vornehmheit darin bestand, daß es keinen Zuschauer hatte; jenen Festen des siebzehnten Jahrhunderts glich es, in dunkeln Winternächten zwischen Spiegeln und Lichtern, jenen Festen, die so groß und feierlich waren, daß man darüber die Freude vergaß; jenen Festen, auf denen man sich nur einmal begegnete und mit manieriert verflochtenen Fingerspitzen langsam umeinander drehte und sich lächelnd in die Augen schaute und dann mit einer tiefen bewundernden Verbeugung von einander glitt. Manchmal freilich schien ihm darin noch immer nicht der Sinn des Lebens zu sein und er dachte an andere Feste, an das Ende anderer Feste, an die großen Feste der maßlosen Freude, die heilig ist, wie der Schmerz, an die Feste Alexanders des Großen zu Persepolis und zu Babylon.

Einmal im August stieg er auf einen hohen Berg; er ging den ganzen Tag und als der Abend nahe war, kam er auf eine Alm; weil es schon spät war, mußte er dort übernachten. Sehr bald ging er hinauf in die Dachkammer über dem Heu, wickelte sich in seinen Mantel und schlief ein. Aber nach einer halben Stunde wachte er auf; es war sehr heiß, er ging ans Fenster und öffnete es; auf einmal war ihm, als habe er unten Schritte gehört, und gleichzeitig überkam ihn der Wahnsinn des Erlebnisses, den die heißen Nächte bringen. Er stieg die Leiter hinunter und ging übers Heu, dort schliefen Senner und Führer; man sah von ihnen nur die lichten Flecken der Taschentücher, die sie über das Gesicht gelegt hatten, nur manchmal wälzte sich einer von ihnen um oder seufzte, oder stöhnte ein Wort; unten aber brüllte das Vieh stoßweise und schmerzlich und lief voll Angst umher. Im Freien schaute er sich um; die ebene Wiese, auf der die Hütte lag, stieg in langsamen Wellen, gesättigt von der Schönheit der körperlosen Linie, in die Spitzen der Berge über; nur zwei Farben waren auf ihr, das Gras, welches fast gelb, und die Bäume, welche fast schwarz waren; aber ihr zartester Reiz lag darin, daß weder die Ebene gelb noch die Bäume schwarz waren, nur aus ihrem Verhältnis ahnte man ihre Farben. Der flache Himmel über ihr war üppig blau, seine vielen Sterne zitterten wie Steine, die aus ihrer Fassung brechen wollen, und wie ein kostbares Kunstwerk, nichts weiter, starrte zwischen ihnen die Mondsichel. Aber die Luft! Es war eine Luft, die man fühlt, eine körperliche Welt zwischen den Welten von Himmel und Erde, eine Luft wie die Gestalten der Morgenträume, die uns nicht berühren und durch die wir dennoch sündigen. Lange blieb er stehen und wartete, doch es kam niemand, und so ging er hinauf und legte sich wieder hin. Da aber fielen ihm alle ein, die er jemals geliebt hatte, und während er langsam, langsam müder wurde, wurden die Bilder immer körperlicher und wollüstiger; sie bewegten die Glieder und lockten und lächelten und begannen zu tanzen, und der Wechsel in den Figuren ihrer Tänze vermengte sich mit dem Wechsel der Häuser und Zimmer, in denen sie sich ihm gegeben hatten. Da bemerkte er, daß er einschlafe, und das wollte er nicht; mühselig kämpfte er mit den Erscheinungen. Plötzlich zuckte über die Wand der Schimmer einer Laterne, etwas Schweres schlug gegen das Holz und jemand hustete. Es mußte ein Fenster an der Wand sein und eine menschliche Gestalt bei diesem Fenster und diese Gestalt kam seinetwegen und sie wartete auf ihn... Aber wie er ein Licht anzündete und die Wand beleuchtet hatte, war kein Fenster da; ein Spiegel hatte ihn getäuscht, ein kleiner Spiegel aus Goisern, über dessen vergoldeten Rahmen das Mondlicht gefahren war, wie ihn der leise Wind, der sich erhoben hatte, gegen die Wand warf. Hinlegen wollte er sich nicht mehr; dieser Wind mußte auch den Morgen bedeuten, und zitternd vor Begierde lehnte er an die Wand, und seine Seele genoß die Erinnerung an die Lust seines Leibes und gestand, daß es der wahrhaftigste Drang des Menschen sei, seinen Leib an den Leib eines andern Menschen zu pressen, weil in dieser geheimnisvollen Vernichtung des Daseins eine Erkenntnis ist. Dann stieg er hinunter und weckte die Führer. So lange sie in der Nacht weiter gingen, waren ihre Gesichter groß und geheimnisvoll, aber als es Morgen wurde, und die Mondfarbe der Berge sich in ein tiefes, feuchtes verwischtes Blau verwandelte, wurden sie häßlich und widerwärtig.

In der folgenden Zeit war die Erinnerung an diese Nacht dem Erwin unangenehm; er war gefallen, und doch konnte es für einen Menschen, welcher das Leben mit dem Maßstab des Lebens abmaß, keinen Fall geben.

Im September sollte er zu seiner Mutter nach Italien reisen; vorher ging er noch für eine Woche nach Wien und das freute ihn nicht; dennoch war er grundlos und maßlos gerührt, als ihm am ersten Morgen in einer häßlichen Straße der Siebzigerjahre eine Schar von Gymnasiasten begegnete. Am selben Abend stand, als er um die Ecke zweier Gassen ging, der Fremde vor ihm, mit dem er im Frühling sehnsüchtig nach Erkenntnis gegangen war; der Fremde grüßte ihn demütig; sein Gesicht und seine Gebärden waren so verschieden von einander und so geheimnisvoll wie bei der ersten Begegnung, aber er sah ärmlicher aus, und die scheue Ruhe in seinem Blick war drohender. Und im Erwin vermengte sich die erwartungsvolle Neugier, mit welcher er zuerst ihn ansprach, mit der seltsamen Angst, die ihn vor der Stadt den Fremden verlassen hieß. Als er dann an ihm vorübergegangen war, wurde diese Angst nur banger durch seine Erwartung und durch seine Neugier; was war es, das die Menschen trotz ihres einsamen Lebens dennoch verband, worin lag dieses lockende und drohende Geheimnis im Leben, welche Gewalt hatte Macht über ihn und warum kannte er sie nicht? Unter dem Eindruck dieser Begegnung veränderte sich dem Erwin in der folgenden Zeit die Stadt; ihre Vielfältigkeit, die ihn früher bewegte, verwirrte ihn jetzt und drohte ihm. An einem sehr heißen Tag fürchtete er sich vor der Musik, die in allen Straßen war; es schien ihm, als sei die Stadt damit wie mit einem trügerischen Gift durchtränkt, das einen schläfrig und wehrlos machen sollte. Den andern Tag erschreckten ihn die Augen der Menschen: alle waren zu leuchtend, zu groß und zu weit offen, und alle richteten sich auf ihn. Nur einmal vor seiner Abreise wurde er stark ergriffen; das war auf einer kleinen Station in der Nähe von Wien; durch den Bahnhof fuhr ein Zug, aus dessen Fenstern junge Burschen herausschauten, die einrückten; ihre blassen Gesichter glänzten und sie sangen und hatten lichtes Laub auf ihren blauen Deutschmeisterkappen.

Mit der wachsenden Sehnsucht nach seiner Mutter nahm seine Unruhe ab. Irgendwie, das wußte er jetzt, würde ihm aus ihr eine Lösung des Geheimnisses werden. Und diese Sehnsucht war sehr wohltuend, denn schon in ihr lag die Beruhigung, welche er von der Ersehnten erhoffte; so wie man sich, wenn man müde ist, nach dem Schlafe sehnt, von dem man weiß, daß er sicher kommen wird, weil er schon halb über einem ist. Seine Mutter sah er jetzt, wie sie ihm einmal in seinem neunten Jahr während einer langen Krankheit vorgekommen war. Es war damals gegen Abend und er fühlte sich so verlassen und hilflos, wie es nur kranke kleine Kinder sind; da kam sie herein, geschmückt mit Seide, Blumen und Steinen und nahm ein Buch in die Hand und begann, ihm daraus vorzulesen; das erschien ihm wie eine wunderbar huldvolle Herablassung, denn sie war groß und fremd für ihn. Dann aber hielt sie einen Augenblick inne und sagte, wenn er etwas aus der Mitte des Buches lieber habe, wie den Anfang, so solle er sich nicht fürchten, es zu sagen, sie wolle ihm auch aus der Mitte vorlesen. Da hatte er fast geweint, schwach und krank, wie er war. Man hatte ihm immer gesagt, es sei ein Fehler, die Bücher nicht von Anfang zu lesen. Jetzt aber war es, als fände er diesen seinen Fehler in ihr, aber seltsam, wie eine Tugend, und zugleich fühlte er, daß er nicht allein sei, sondern eins mit ihr, wunderbar dasselbe, obwohl er klein und schwach und krank und sie groß und fremd und schön war. Dann las sie ihm noch lange vor, vom Jahre 59, in dem wir verraten wurden, und von unserm glücklosen Kampf mit den Preußen.

Er wußte nicht, daß zur selben Zeit auch sie sich nach ihm sehnte und auf ihn hoffte; sie hatte nach dem Tode ihres Gatten, was sie in einem nicht gefunden hatte, in vielem gesucht. Sie hatte die Edelsteine, die kostbaren Stoffe und die gestickten Seiden geliebt und die Schauspiele, die Folgen der Länder und die Kunstwerke der Künstler und den wechselnden Himmel mit dem wechselnden Mond und den gleichbleibenden Sternen und den großen Aufgang und den großen Untergang der Sonne. Sie liebte das alles noch immer; doch das alles machte sie nur sehnsüchtiger nach neuen Herrlichkeiten; denn sie hatte viel gesehen, und es war ihr nichts zurückgeblieben und sie kehrte wieder zu einem zurück.

Aber beide fanden das Geheimnis des Lebens nicht. Sie war wohl das Bild, das ihm auf der Reise erschienen war; sie waren wirklich eins und was in ihm war, war in ihr; aber in ihm durchzittert von der Niedrigkeit und vom Schmerze und von der Rührung des Lebens und in ihr wie ein Kunstwerk; er war von der Zeit, sie war von der Ewigkeit; oder er war ihr Leben und sie war sein Tod, und dieser Tod und dieses Leben waren tief und geheimnisvoll verknüpft.

Aber er konnte nicht zu ihr sterben und er fand nicht das Wort, welches dem Tod das Leben gibt. Sie wiederum ahnte, daß sie aus ihm erlangen könnte, was sie ihr Leben hindurch gesucht hatte, zugleich aber fühlte sie sich unendlich schwach, es ging ihr wie im Schlaf, in dem man weiß, daß es ein Wachsein gibt und sich nach diesem Wachsein sehnt, und sich anstrengt aufzuwachen und nicht aufwachen kann. Manchmal, wenn sich ihre Seele so fruchtlos abmühte, erschien sie auch dem Erwin lebend; aber das war wieder ein anderes Leben und das erschreckte ihn, und es machte ihn unsicher und ängstlich, daß dabei ihre Stimme, wenn sie von den innersten Dingen sprach, in ihrer heiseren Glanzlosigkeit der seinen glich. Denn er hatte ihre Stimme und ihre Hände. Einmal gingen sie gegen Abend durch die sanfte und festliche Anmut der italienischen Landschaft. Die Pappeln zu beiden Seiten des Weges wurden zu einer Triumphpforte durch das farbige Weinlaub, das ihre Kronen reicher machte und sie in lässigen Ketten verband. „Das Geheimnis des Lebens", sagte sie, „können wir nicht lösen, weil das Leben zu reich, zu vielfältig, zu unendlich ist."

„Wäre es wie Du sagst", antwortete er, „so hätten wir ja Hoffnung, es aus seinem Reichtum heraus zu verstehen; es ist so grauenhaft einfach für unser alleiniges Erbteil und das einzige Wunder darin ist unser Schicksal." Dann sagten sie beide, daß sie dieses Schicksal nicht verstünden. „Der Grund muß in der Seele sein", sagte er. „Nein", antwortete sie, „wir gehn durch unser Leben wie durch die Lustgärten fremder Schlösser, von fremden Dienern geführt; wir behalten und lieben die Schönheiten, die sie uns gezeigt haben, aber zu welchen sie uns führen und wie schnell sie uns vorbeiführen, hängt von ihnen ab. Zuerst sind es die Eltern, dann folgen die andern." „Nein", sagte er, „ich glaube, das Geheimnis liegt darin: Wir sind allein, wir und unser Leben, und unsere Seele schafft unser Leben, aber unsere Seele ist nicht in uns allein." An einem Schauder empfanden beide, daß er die Wahrheit gesagt hatte; und beide fühlten sich verknüpft; aber schmerzlich, dumpf und grundlos, so wie sich jene Tiere verknüpft fühlen müssen, von denen der alte Priester dem Erwin gesprochen hatte, die durch die Künste des Chemikers künstlich an einander gebunden leben. Noch während er redete, wurde es Abend, und die Teiche, Kanäle und Bäche wurden blaßrosa, aber die Straßen, die nach allen Seiten durch die große Ebene liefen, wurden ganz weiß.

Bald darauf gingen sie auseinander; die Fürstin reiste in die Schweiz und der Erwin tiefer in Italien. Beide sahen ein, daß sie einander nicht helfen konnten. Etwas müder kehrte die Mutter zu ihren Edelsteinen, ihren kostbaren Stoffen und gestickten Seiden zurück, und zu den Schauspielen und zu den Folgen der Länder und den Kunstwerken der Künstler und zum wechselnden Mond und zu den gleichbleibenden Sternen und zum großen Aufgang und zum großen Untergang der großen lebenden, für sie toten Sonne. Alles das liebte jetzt auch er, aber ganz anders wie sie; das Geheimnis des Lebens hatte sich ihm über alle

Dinge und Wesen verbreitet und doch verwirrten sie ihn nicht; sie waren ihm verwandt, er war einer von ihnen, und in jeder Schönheit, die seine Seele genoß, fühlte sie einen Schritt zur Erkenntnis. Darum sehnte er sich auf der Reise nach der weiteren Reise, nicht nur nach neuen Dingen und neuen Wesen, sondern auch auf das Ineinanderspielen ihres Daseins mit seinem Dasein, auf die Zufälligkeiten, Schmerzen und Enttäuschungen der Reise, denn auch sie waren herrlich für den Jüngling, der das väterliche Erbteil seiner Seele lang in den Königreichen der Fremde gesucht hatte, und jetzt in unser aller Vaterland kam, und durch die Welt zog, um in ihrer Mannigfaltigkeit seine Stelle zu finden.

Er reiste das Meer entlang von Capua bis Venedig. Das Meer war immer anders: manchmal war es schwarz, manchmal golden und lapislazulifarbig, manchmal wie junger persischer Flieder, manchmal öde und weißlich und abends, wenn es im Osten lag, war es lichtrosa und lichtgrau, silbern und lila, aber wenn es im Westen lag, dunkel wie die Flammen. Und an jedem Ort, durch den er kam, sah er die Sonne auf- und untergehn; immer ergriff ihn die Unbegreiflichkeit ihrer Farbe; sie war in einem golden und safranfarbig und tief rot und tief blau.

In den Städten sah er auch viele Menschen und sprach mit ihnen und liebte sie.

An manchen Tagen fiel ihm sein ganzes bisheriges Leben ein; aber in seiner Rührung dabei war etwas von Mitleid, das man mit einem kranken, süßen häßlichen Kind hat.

Auf der Heimfahrt blieb er ein paar Tage in Venedig; es war Anfang November, die Morgen waren voll weißer Nebel und das Leben an ihnen wurde licht und lautlos. Jeden Morgen, wenn er über den Platz ging, begegnete ihm ein Jüngling und ein Mädchen; sie glichen einander und waren vielleicht Geschwister. Bei seiner Abreise erinnerte er sich ihrer und wußte, daß sie für ihn bedeutsam waren, und er wäre fast umgekehrt; aber er kannte ihren Namen nicht. In einer kleinen Stadt, nahe von unsrer Grenze, hielt er sich noch einen Tag auf; im Museum bewegte ihn seltsam ein Basrelief aus spät griechischer Zeit: Mithras-Helios auf einem Stier brachte den Tag; aus den Nüstern des Stiers sprühte die Helle, weil sie ein Knabe mit abgewandtem Antlitz an seiner Fackel entzündete; unten war Volk abgebildet, das über den Tag jubelte.

Am nächsten Morgen sehr früh reiste der Erwin nach Wien. Er war unruhig und fürchtete etwas zu vergessen, und weil es kalt war, trank er hastig durcheinander Tee und Cognac. Und auf einmal fiel ihm jener Abschied vor langer Zeit, vor drei Jahren, in Bruck ein, und der maßlose Reiz seines Freundes, der ihm verloren ging; als er dann auf die Bahn fuhr, wurde es gerade Tag; das Gas brannte noch, aber auf den Häusern lag der frühe Morgen, und sie waren schmerzlich und ewig, wie die Dinge, von denen man sich trennt.

In Wien studierte er ein Jahr hindurch die Wissenschaften; seine Sehnsucht nach Erkenntnis war nach der Reise stärker geworden. Er war immer allein. Und dennoch bemerkte er, daß der Wechsel von Morgen und Abend, von Regen und Sonne und der Wechsel der Jahreszeiten die Fülle der Gefühle in ihm zurückließ, die er sich von der Unendlichkeit der Schauspiele gewährt glaubte. Da wurde ihm klar, daß er nicht in der Welt seine Stelle suchen müsse, denn er selber war die Welt, gleich groß und gleich einzig wie sie; aber er studierte weiter, denn er hoffte, daß, wenn er sie erkannt hätte, ihm aus ihrem Bildnis sein Bildnis entgegen schauen würde. Einmal im November regnete es; es war derselbe Regen wie im Frühling und auch die Luft war dieselbe; und wieder wie im Frühling fühlte er Sehnsucht nach den Erlebnissen, deren Möglichkeit in ihm war. Er schritt lange durch die Straßen; erst als er durchnäßt war, ging er wieder seinem Hause zu.

Da stieg vor ihm an der Ecke zweier Gassen der Fremde vom Frühling und vom Sommer auf; sein Gesicht war verändert, es war mager verzerrt und unerbittlich geworden, nur die Bewegungen seines Körpers waren gleich geblieben. Aber jetzt war nicht mehr in ihm die lockende Zweiheit des Lebens, es war nichts mehr in ihm als eine einzige schreckliche Drohung. Und bei seinem Anblick wußte der Erwin auf einmal, wer er war: Es war sein Feind, der ihn von seiner Geburt an gesucht und ihn in der Trunkenheit des Frühlings gefunden hatte und ihn seitdem verfolgte und hinter ihm herging und ihm immer näher kam und ihn endlich einholen und seine Hand auf ihn legen würde...

Er wollte nicht nach Haus, auch dort konnte der Feind ihn finden; er rannte durch die Gassen und kam erst gegen Morgen heim. In den folgenden Tagen verließ ihn die Angst nicht und seine Seele wurde grauenhaft öde und sie sah nichts mehr vom Leben wie einen furchtbaren Zweikampf mit dem Fremden. Aber das war nicht der Kampf des Lebens, den seine Kindheit erwartete, schön durch das Gefühl des Kampfes, da uns ja doch der Kampf nur den schönen Sieg geben kann oder das noch viel schönere Besiegtsein; bei diesem Zweikampf fühlte er nur die häßliche ratlose Furcht vor dem Tod, welcher das Ende des Kampfes ist. Es war die Furcht der Träume, in denen man auf der Straße zwischen vielen Menschen geht, und auf einmal überfällt uns unser Feind, und wir müssen mit ihm ringen; aber auf beiden Seiten gehn die Menschen weiter, und sie helfen uns nicht, denn unsere Luft, weil wir sie atmen, ist eine andere wie die ihre, und sie hören unser Schreien nicht und sehn uns und unsern Feind nicht und wir müssen allein mit ihm kämpfen.

Am dritten Tag wurde der Erwin krank; als er sich zu Bett gelegt hatte, fiel ihm der Fremde nicht mehr ein; auch die Furcht vor dem Tod war aus seiner Seele geschwunden, und statt ihrer war die alte Sehnsucht nach Erkenntnis darin, aber trocken und quälend, denn noch immer war er vom Leben durch eine andere Luft getrennt. Oft besuchten ihn seine Freunde; auch der Clemens kam, den er lange nicht gesehen hatte; der war Lieutenant geworden. Aber besonders seine Besuche waren peinlich für den Erwin; denn der Erwin empfand alle Farben seines Reizes, aber nicht mit dem Wert von früher, sondern seltsam gleichgültig, als gingen sie ihn nichts an.

Jeden Tag nahm die Dürre seiner Seele zu und mit ihr wurde die Sehnsucht nach Erkenntnis trockener und quälender; jeden Tag sehnte er sich mehr nach dem Regen, wie er an jenem Abend gewesen war.

Einmal schlief er ein und träumte. Da erschien ihm jemand und er wußte nicht genau, ob es der Clemens war oder jener Lieutenant, der einst mit ihm nach Bozen fuhr; er litt unter dieser Ungewißheit; flehend bat er die Erscheinung, sich zu nennen. Aber sie verschwand. Dann war der Erwin in einer Eisenbahnstation und wartete; da kam unter großem Lärm ein Zug in die Halle gefahren, aus dessen Fenstern viele Menschen schauten; sie hatten die Gesichter derer die reisen, ihre Farbe war weiß und ihre Augen leuchteten, aber unter ihren Augen lag Kohlenstaub. Es waren viele, sehr viele und alle waren unter ihnen, die er gekannt hatte, nur die Frauen nicht, und viele andere, die er nicht kannte; dann waren sie einander wieder seltsam ähnlich.

Und mit einem Mal riefen ihn alle bei seinem Namen und er wußte, daß auf diesen Ruf die Erkenntnis folgen müsse, und er wurde sehr froh.

Aber mitten in seiner Freude wachte er auf, denn es kam jemand, um zu heizen. Während des Tages hatte er das Bewußtsein, auf etwas zu warten, doch weil er starkes Fieber hatte, wußte er nicht genau, ob er auf den Regen wartete, nach dem er sich gesehnt hatte, oder auf den Schlaf, um im Traum zu erkennen.

Aber es regnete nicht, er schlief auch nicht ein.

So starb der Fürst, ohne erkannt zu haben.

Vorrede zur vierten Auflage

Vor fünfundzwanzig Jahren schrieb dieses kleine Buch ein Jüngling in der flüchtigen Stunde, als er die Schwelle vom Ephebenalter zur Mannesjugend überschritt und die beherrschenden Mächte seines Lebens, gleichsam fleischgeworden, schaute. Bisher, da, ohne bewußt zu schaffen, er traumhaft nur Gutes und Böses empfing, hatten sie, durch geheime Wesensverwandtschaft tief mit ihm verbunden, unablässig am Knaben gemodelt, dem es bestimmt war, als Mann mit ihnen und für sie zu ringen. Jetzt wurde er ihrer als wirkender Wesen bewußt, und sah sie körperlich und losgelöst von seinem Leben sich aneinanderreihen, in der Art von Figuren auf frühen Gemälden, bestimmt und greifbar, aber in der unerfahrenen Perspektive seiner neunzehn Jahre. Er erkannte sie, beseligt, wie sie hintereinander auftauchten und immer klarer wurden, als unvergleichbar wunderreich für ihn und ihm unlösbar zugehörig: den Genius der Freundschaft, das Narcissusbild der Jugend, die dämonischen Schatten der Erkenntnis und der fremdartigen Schönheit, die allein seinem Leben Glück zu bringen bestimmt waren, sein seltsames, vielverratenes, schmerzlich geliebtes österreichisches Vaterland, und dann etwas abseits von den anderen Gestalten, entfernter, gleichsam als Hintergrund, fast nur wie ein juwelengeschmücktes Ornament, der Umriß der großen Kirche seiner Väter, so daß noch einmal durch den Mund eines erdenverstrickten Kindes das Wort bezeugt werden konnte: „Mit riesigem Geschmeide hat ER mich geschmückt."

So körperlich, wie am Ende der Ephebenzeit, werden die Mächte, die unser Leben umthronen, wohl nur einmal noch, und dann freilich in anderer Perspektive und mit ganz anderen Größenmaßen, in unserer Todesstunde uns erscheinen! Auch dies ahnte der Jüngling an der Schwelle des neuen Lebens, entzückend durchschauerte ihn das Bewußtsein der Einzigartigkeit und Vergänglichkeit seiner feierlichen Vision und in seinen Gedanken empfing das Abbild, das sich von ihr loslöste, fast mit Notwendigkeit den Namen „das Fest der Jugend".

Aber noch während seine Finger an der Maske, die sie modelten, hingen, war ihm nach flüchtigster Dauer die unbeschreibbare Übergangsstunde zwischen zwei Lebensaltern vergangen. Die erste Mannheit war in ihm gereift, aus dem Empfangenden, Schauenden war ein Strebender, Ergründender und Zwecksetzender geworden, dessen erste Handlung sein mußte, der Erscheinung, die er gestern in reiner Bewunderung nachzubilden versuchte, eine Deutung zu geben. In das fast schon fertige Bildwerk brachte er Züge anderer Wesenheit hinein, das Büchlein verlor den Namen, unter dem es entstanden war und empfing vom Lichte, das dem Verfasser in den ersten Tagen seiner neuen Lebensphase alle übrigen zu verdunkeln schien, das Merkwort: „der Garten der Erkenntnis". Möge es jetzt, wo es zum vierten Male unter Menschen geht, als eigensten Namen den führen, der ihm zuerst gegeben ward und der allein seinem Wesen völlig entspricht.

Der schwache Schein der eben erwachenden neuen Zeit erhellt ungütig und ungewiß die Spuren des Jahrhundertsturms, der mit ihr den ergrauenden Dichter und seine Ideale traf. Die bezaubernde Gestalt seines österreichischen Vaterlandes, dem seine Jugend zujubelte, liegt entseelt und ihrem zeitlichen Dasein nach vernichtet, noch im Tode beschimpft und besudelt, verlassen am Boden. Der reine, gütige Enkel der Cäsaren, der Träger des einen großen Herrschernamens, der noch Europas Vergangenheit mit ihren ewigen Werten und höchsten Erinnerungen umschloß, zog, ein erhabenes Opfer riesiger Ereignisse, schuldlos in die Verbannung. Die Freunde des Dichters sind entwurzelt und verstreut, er selber harrt, noch planlos, vaterlandslos, der neuen fremden Geschicke, die ihm die große Hand weisen wird, in der unser Leben ruht. Da sendet er, wiederum an der Scheide zweier Wege stehend, noch bevor er zögernd den Fuß auf seinen neuen Pfad setzt, dessen erste Schritte kaum erst sichtbar sind, noch einmal sein kleines Buch an diejenigen, die es schon lieb haben, und an die seiner Seele Verwandten, die es unter den später geborenen Menschen noch finden mag. Seltsam verschieden untereinander mögen sie wohl sein, diese künftigen Freunde seines Werkes, verschieden wie die früheren, weitverstreuten, so verschieden wie die Genien selbst, denen die jugendliche Dichtung opfert. Aber ihnen allen gehört sie und ihnen allen fühlt er sich verwandt: denen, die nur der blumige Hauch der Jugend leben macht, denen, die Schönheit suchen müssen, solang ihr Atem geht, den Sklaven der begreifenden Erkenntnis, den letzten Österreichern – Ruhm ihrem Andenken! – und denen vor allem, ja vor allem denen, welchen Helle kam vom weißen Gewande des stillen Greises im fernen römischen Palaste, den wahrhaft Glücklichen, die gelernt haben, auf den unsagbaren Reiz der Stimme zu horchen, die ruft: Ecce, innovans omnia! – und denen deshalb alles neu und jung geworden ist.

Bern, am Tage des heiligen Ludwig, Königs von Frankreich, dem 25. August 1919.

Leopold Andrian

Hannibal

Romanzen-Zyklus

Seiner lieben Mama!
Weihnacht 1888.

DER SCHWUR

Sinnend steht im Esmuntempel Hamilcar vorm Götterbilde.
Hannibal, sein Söhnchen, spielet kindlich froh mit seinem Schilde,
Doch der Vater steht versunken da in ernstes tiefes Sinnen,
Hat fürs Vaterland gekämpfet, will noch manches Land gewinnen.

Doch der Sorge Schatten senken tief sich über seine Brau'n:
„Wenn ich einst im Grabe modre, wer wird auf Karthago schau'n?
„Daß kein hoher Geist im Ganzen, dieses ist Karthagos Weh',
„Und die eingen Römer schon ich einst die stolze plündern seh'!

„Eine Rettung weiß allein ich, wenn in unserem Geschlecht
„Römer-Haß und Mut sich fortpflanzt wie ein heilig Götterrecht.
„Dieser Knabe soll vollenden, was ich einst zu tun begann,
„Der Barkiden goldne Kette nur Karthago retten kann!"

Und er ruft den Knaben zu sich und erzählt ihm von dem Kriege,
Von dem Römer-Übermute, ihrem leicht errungnem Siege
Und er zündet in des Sohnes Herzen wilden Hasses Lohe,
Wecket auch in seinem Geiste Heimatslieb die edle, hohe.

Dieser greifet zu des Vaters riesig-großem Eisenschwert:
„Stets mein Arm mit frohem Mute jenem feigen Feinde wehrt!
„Ihn zu stürzen, zu besiegen, sei mein ganzes Lebensziel
„Dann erst ruhig will ich schlafen, wenn der übermüt'ge fiel."

Und er springet zum Altare, hebet seine Hand zum Eide:
„Baal, du hoher, gib mir Qualen und an meinem Schmerz dich weide,
„Horkos dann, der Gott des Eides, fürchterlich sich an mir räche,
„Wenn den Eid, den jetzt ich schwöre, jemals ich im Leben breche.

„Ewgen Haß schwör' ich den Römern, ewgen Haß bis zu dem Tod,
„Die Besiegten töt' ich alle, nie erbarm ich mich der Not,
„Keine Bitt soll mich erweichen, zu bezähmen meinen Groll;
„Nur die Furie der Rache meines Herzens walten soll!"

SAGUNTUM

Siehst du's Lager von Narzissen
An der Grotte stillstem Ort
Mit den seidnen Ruhekissen?
Hörst du wohl den Springquell dort,
Der mit sanftem Lustgeriesel
Plätschert auf den Marmorkiesel?

Auf dem Blumenlager lieget
Wohl Hispaniens schönstes Weib,
Roter Samt sich sittsam schmieget
An den jugendlichen Leib,
Ihre schneeig weißen Wangen
Nimmt ein Schleier halb gefangen.

Aber eine Träne flimmert
Nieder aufs Demantgestein,
Heller das Geschmeide schimmert.
Wird es von der Träne sein?
Doch vom Lager auf sie springet,
Und ins Wort ihr Schmerz sich ringet.

„Traurig ist mein Los geworden,
„Denn es streitet sich die Pflicht
„– Eisig wie ein kalter Norden!
„Ach, das Herz sie kennt es nicht –
„Mit dem warmen Süd der Liebe.
„Siegen werden rauhre Triebe.

„Einem Mann allein auf Erden
„Schenkte ich mein liebend Herz,
„Ihm allein nur konnt es werden.
„Doch in goldnem Schachtenerz

„Und als Führer fremder Scharen
„Naht er sich Saguntums Laren.

„Mein Lieb soll zu ihm flehen
„Daß er führe weg sein Heer,
„Von Sagunt er fort soll gehen,
„Nicht mehr schaun auf Kriegesehr',
„Und sein ganzes Mannesleben
„Soll er für ein Weib nur geben.

„Zwar er liebt mich innig-glühend,
„Jeden Wunsch erfüllt er mir.
„Wird er eifrig sich bemühend
„Mir willfahren nicht auch hier?
„Eines Weibes reine Liebe
„Höher steht als Heldentriebe."

Und es füllet Hoffnung wieder
Endlich ihr die frohe Brust,
Auf das Lager sinkt sie nieder,
Wonneschauer unbewußt
Ihre Adern schnell durchfliegen;
Denn bewußt ist sie zu siegen.

Ihr zu Füßen sinkt der Schleier,
Und des Haares schwarzer Glanz,
Das geschmücket hat der Reiher,
Spielet im Demantenglanz.
Aber schnell sie auf ihn hebet,
In der Höhle innres schwebet.

Doch vom Eingang jetzt der Grotte
Nahet sich ein junger Held,
Schön gleich einem Liebesgotte

Zu bezaubern eine Welt;
Doch die Schöne nicht ihm winket,
Traurig er aufs Lager sinket!

Sieh' da füllen graue Düfte,
Nebel süß den ganzen Raum,
Es umwehen laue Lüfte
Hannibal gleich wie ein Traum,
Doch da naht ein goldner Wagen
Den zwei weiße Schwäne tragen.

Aber lieblich ihn umschwebet
Schöner Jungfraun holde Schar,
Die im Tanze sich verwebet,
Weiß, mit herrlich goldnem Haar
Sieh, es sind die Morgensterne,
Nyx, die schwarze, naht von ferne.

Aber auf dem Wagen stehet
Schön in rosig-hellem Licht
Eos, Grazien-Anmut wehet
Um das liebliche Gesicht.
Rosen glühn in vollem Kranze
Zwischen Diamantenglanze.

Jetzt der Wagen leis sich senket,
Hannibal der Göttin winkt,
An den Augenblick er denket,
Wo sie in den Arm ihm sinkt.
Doch den Wagen weg sie leitet,
Langsam jetzt zurückeschreitet.

„Deine Liebe mir beweise,
„Stahlgeschmückter Kriegesmann,

„Nimmer mich die alte Weise
„Länger mehr erfreuen kann!"
„Sprich, dich einmal zu beglücken,
„Tu' ich alles mit Entzücken."

„Weg dann von Saguntum! weiche!
„Flieh mit mir in kurzer Frist,
„Denn in deinem eignen Reiche
„Ruhm genug zu ernten ist."
Doch gefaßt von jähem Grimme
Rufet er mit Löwenstimme:

„Elend Weib, in deine Netze
„Konntest lang du locken mich,
„Aber nie mehr, falsche Metze,
„Mir von deiner Liebe sprich,
„Locktest mich in deine Bande,
„Zu vollbringen meine Schande."

„Schweige still und nimmer schmähe
„Mich mit Vorwurf ohne Zahl
„Geh' hinweg! Denn deine Nähe
„Ist mir doch die größte Qual."
Langsam, fast vom Zorn erkranket
Aus der Grott' er langsam wanket.

Die Karthager führt zum Sturme
Gen Saguntum Hannibal,
Bürger stehn auf jedem Turme,
Bürger stehn am morschen Wall,
Doch geführt von einem Weibe;
Waffen an dem zarten Leibe,

Stets die ihrigen sie feuert
Mutiger zum Kampfe an,
Doch den Angriff stets erneuert
Nicht Sagunt ertragen kann,
Dröhnend stürzet in die Flammen
Schon ein ganzer Turm zusammen.

Aber durch die Bresche dringen
Jetzt Karthager wütend ein,
Alles flieht vor ihren Klingen
Und es lösen sich die Reihn,
Und sie ziehen ein in Massen
Plündernd durch Saguntums Gassen.

Doch die Jungfrau, die noch lange
Hat geführt das Bürgerheer,
Angereizt von innerm Drange
Stürzt sich in das Flammenmeer
Mit Sagunt zugleich zu enden,
Dess' Geschick sie nicht konnt' wenden.

Alpenübergang

Es scheinet der Mond über ewigem Eis,
Kalt flimmern die frostigen Sterne,
Da nahen in Zügen und scharenweis
Numidier, gebrannt von der Sonne heiß,
Und Libyer aus weitester Ferne
Und Hispanier und Kelten, ein riesiger Troß,
Voran stets der Feldherr, hoch oben zu Roß.

Und eng, stets am Abgrund der schreckliche Pfad,
Und oben vom Montblanc die Zinnen.
Da voll der Last Elefant und Soldat
Mit langsamen Schritten ängstlich naht,
Beginnet das Eis zu gerinnen.
Und mancher mit ängstlichem Hilfeschrei
Stürzt in den Abgrund und – alles vorbei!

Und vor ihnen stets der unendliche Berg,
Titanen, sie haben ihn getürmet.
Wie dünket der tapferste selbst sich ein Zwerg,
Wie klein scheint daneben der Menschen Werk,
Wenn sausender Schnee wohl stürmet,
Wenn vor ihrem Fuß mit donnerndem Schall
Lawinen sich wälzen im stürmenden Fall!

Doch in der Natur, so herrlich und wild,
Wo führet mit Umsicht der Leiter,
Entrollt sich ein neues, ein liebliches Bild:
Da sehen Italiens grünend Gefild
Tief unten die tapferen Streiter,
Erstaunend Verwundern ihre Herzen erfaßt;
Doch winkend der Feldherr gebietet jetzt Rast.

„Schaut, vor euch ewigen Lenzes voll steht
„Italia in üppiger Schöne,
„Dort dreimal des Jahres Getreide man sät,
„Und dreimal den goldenen Weizen man mäht.
„Nach Entbehrung das Herz sich gewöhne
„An künftige, liebliche, bessere Zeit,
„Die wir uns erwerben durch mutigen Streit.

„Ich führ' euch zum Ruhme, ich führ euch zum Sieg,
„Karthago wir wollen erheben,
„O glücklicher Adler, voran uns flieg!
„Den Römern bringen wir Schrecken und Krieg,
„Die Feigen sie sollen erbeben!"
Jetzt bricht wieder auf die ermutigte Macht
Voll Hoffnung im Herzen, voll Mut zu der Schlacht.

CANNAE

Noch ruhet Nebel auf den Wegen,
Noch siehst du Bäche nicht, noch Feld,
Doch an der Seite schon den Degen
Der Pöner seine Truppen stellt.

Da kommen eilig die Spione:
„O Herr, der starke Feind, er naht,
„Dem Heer zum Trotz und dir zum Hohne
„Rückt er heran auf offnem Pfad."

Da schwillt des Feldherrn Brust von Wonne,
Nah sieht er sich der Wünsche Ziel,
„Noch ehe unterging die Sonne,
„So sei zu End' das Kriegesspiel!"

Jetzt endlich winkt er den Soldaten,
Führt sie bis an des Baches Lauf,
Läßt dann bedächtig sie durchwaten,
Stellt sie am andern Ufer auf.

Und gegenüber ausgedehnet
Siehst du das ries'ge röm'sche Heer.
Karthager, Römer, jeder wähnet,
Daß sicher ganz der Sieg ihm wär'.

Die Consuln haben heut' vergessen
Den Streit, der immer sie getrennt;
Aemilius Paullus, sonst gemessen,
Von Kampfbegierde heute brennt.

Doch frech und tollkühn, bar der Sorgen
Terentius Varro sprengt einher

„Kein Hannibal" – laut ruft er's – „morgen
„Italien soll bedrängen mehr!"

Und vor die Truppen jetzo reitet
Auf schwarzem Rosse Hannibal.
Sein rascher Geist die Zeit durchschreitet
Vom Schwur bis zu Saguntums Fall.

Und jubelnd alle aufwärts schauen
Zum Feldherrn in der Rüstung Pracht.
Da füllet auch sein Herz Vertrauen,
Er gibt das Zeichen jetzt zur Schlacht.

Und all die Balearen, Kelten
Die Libyer, Numidier all,
Die Asier, aus allen Welten,
Ein undurchdringlich fester Wall,

Auf ihren Feind sie mutig dringen,
Auf römische Legionäre, ein.
Wie blitzen da die blanken Klingen!
Zum Hades stürzen hin die Reihn.

Hier kämpfen mit Numidiern Reiter,
Hier zeigt sich der Hispanier Kraft,
Dort eine Schar der röm'schen Streiter,
Durch Feinde sich die Gasse schafft.

Doch weiter wälzt sich ohne Zagen
Karthag'scher Mannschaft bester Kern.
Todwund siehst du Aemilius tragen,
Verblichen schon ist Romas Stern.

Jetzt fliehn auch schon die Legionen,
Doch die Karthager hinterher

Die töten alle, keinen schonen
Jetzt hält die Panik nichts, nichts mehr.

Es hält sie Paullus nicht, der Leiter,
Ein todgeweihter tapfrer Mann
Sie fliehn, sie fliehen immer weiter,
Sein Zuruf sie nicht halten kann.

Da fällt er auf den Rasen nieder,
Von seiner Stirne rinnt das Blut,
Er hebt das Haupt noch hin und wieder,
Jetzt schwindet ihm der stolze Mut.

Und weiter, immer weiter dränget
Der führerlose, flüchtge Troß,
Jetzt Lentulus hin zu ihm sprenget,
Er hält, er springt herab vom Roß,

Er ruft dem Freunde zu dem treuen:
„Komm, setze dich auf dies mein Pferd,
„Die größte Schnelle wirds nicht scheuen
„Wenn dein Vertrauen es beehrt."

„Nein", spricht der wunde Feldherr, „gehe
„Und bring die Kunde dem Senat
„Von Romas übergroßem Wehe,
„Und daß verloren ist der Staat."

Er sprichts. Doch jetzt sein Geist enteilet,
Nicht länger an dem Schreckensort
Der tapfre Lentulus verweilet
Er steigt aufs Pferd, und sauset fort.

Nicht Menschen sind mehr am Gefilde,
Der ganze Plan ist öd' und leer,

Nur die Hyäne siehst du wilde,
Den Feind verfolgt das Pönerheer.

Jetzt kehren endlich sie zurücke,
Im Siegesglanz der tapfre Held,
Sie sprechen ihm von seinem Glücke,
Daß er besieget eine Welt.

Sie setzen nieder sich zum Mahle,
Da nahet ihm sich Maharbal
Mit einem prächtigen Pokale:
„Nach Romas übergroßem Fall,

„Laß uns bis zu der Hauptstadt traben,
„Mit Schrecken wird man uns empfah'n,
„Wir werden uns am Forum laben;
„Rom wird Karthago untertan."

Doch Hannibal: „O Freund, bezähme
„Den allzuraschen, kühnen Mut
„Und hoffe nicht, den Römer lähme
„So leichter Sieg die Kampfeswut."

Maharbal fällt in tiefes Sinnen
Verhüllend traurig sein Gesicht:
„Den Sieg, du weißt ihn zu gewinnen,
„Ihn zu benutzen, ward dir nicht!"

ZAMA

Schon am Himmel steht die Sonne,
Tief im Schlaf noch ruht die Welt,
Lerchen jubeln voll der Wonne,
Hannibal die Truppen stellt.

Hier er ordnet Elefanten,
Zwiefach festigt er die Reih'n,
Jetzo schon mit den Trabanten
Will er ein das Treffen weihn.

Doch die Römer auch erwarten
Ihres Feindes ersten Sturm,
Enggeschart um die Standarten,
Festgedränget wie ein Turm.

Jetzt erdröhnet rings die Erde,
Elefanten rasch gelenkt,
Die Hispanier hoch zu Pferde,
Alles auf die Römer drängt.

Doch ein Hagel scharfer Pfeile
Auf die Elefanten fliegt,
Und sie drehn in Windeseile –
„Weh! der Römer hat gesiegt!"

Gen die eignen Schar'n sie dringen,
Sprengen ihre eignen Reihn,
Aber schnell mit blanken Klingen
Dringen Römer hinterdrein.

Weh – es schwärzet sich die Sonne,
Und die Kämpfer decket Nacht.

Es frohlockt der Römer Wonne:
„Janus hat uns Sieg gebracht."

Grambeschwert jetzt endlich fliehet
Auf dem Rappen Hannibal,
Vor den Aug vorüber ziehet
Ihm ein Bild: Karthagos Fall.

DER TOD

Auf seinem Purpur-Ruhebette lieget
Der tapfre, greise Hannibal allein,
Sein zahmer Aar die stille Luft durchflieget,
Die Silber-Ampel, sie gibt schwachen Schein.
Und neben ihm zur Hälfte schon versieget
Steht ein Pokal mit schwarzem Saft. – Mit Wein?
Aus schwerem Gold, demantbesetzt ein Becher,
Wie ihn besitzen nur die reichsten Zecher.

Er lieget da versunken in Gedanken,
Um seine schwarzen Augen zuckt ein Blitz,
Er sieht den Glauben an die Götter wanken:
„Du der du thronest auf dem gold'nem Sitz,
„Du setzest uns erbärmlich kleine Schranken,
„Die uns ersonnen hat dein schnöder Witz,
„Und an dich glauben nur die kleinen Toren,
„Wer auf dich baut, ist sicherlich verloren!

„Ein Schicksal gibt's, das unerbittlich waltet,
„Doch ist der Mensch ihm nur ein eitles Spiel,
„Mit mir hat furchtbar grausam es geschaltet.
„Des Glücks und Ruhmes zwar erwarb ich viel,
„Doch nicht wie ihr, die da Gebete lalltet,
„Auf daß ihr Klang der falschen Macht gefiel,
„Wie euer Günstling nicht der eitle Bube,
„Den alles fesselt an die Weiberstube!

„Was mir gelang, geschah durch Männertaten,
„Was ich erwarb, erwarb ich durch die Kraft,
„Doch reiften die von mir gesäten Saaten?
„Jetzt bin ich hier in der erzwung'nen Haft,
„Verloren sind Khartagos schönste Staaten,

„Der Römer ist's, der dort befiehlt und schafft,
„Und auch mein Ende jetzo eilig naht,
„Schon sind beim König Boten vom Senat.

„Was ich noch hoffte, waren eitle Träume,
„Vorüber ist Karthagos schöne Zeit,
„Schon nahet eisern durch die Wellenschäume
„Der Römer Heer zum letzten Todesstreit,
„Und blick' ich fernhin in der Zukunft Räume,
„Karthagos Mauern trifft ein schweres Leid;
„In Schutt und Asche werden sie vergehn,
„Und auf den Trümmern wird man Weizen sä'n.

„Und uns're Todesfeindin stolz und mächtig;
„Noch lang gebietet sie der knechtschen Welt,
„Und jenem blonden Knaben prunkend, prächtig
„Wird zum Triumph die Statue aufgestellt,
„Doch schleichet Zwietracht schlau bedächtig,
„Zuletzt verwesend sie und morschend fällt,
„Aus uns'rer Asche wird das Volk geboren
„Zur Henkerin der Siegerin erkoren!"

Da nahet ihm geschwind sich sein Begleiter:
„O Herr, es rauschet rings das dürre Laub
„Und in der Ferne seh' ich viele Reiter,
„Schon sieht man wirbeln rings den gelben Staub,
„Herr, ich erkenn' sie, es sind römsche Streiter,
„Die Schilde glänzen von dem gold'nen Raub;
„Mein Herr, ich rat's euch dringend, eilet, flieht,
„Daß euch der böse Römer nimmer sieht."

„Mein Freund, du gehe schleunig nur von hinnen."
Er geht hinweg, der Feldherr bleibt allein,
Er blicket auf den Trank im Becher drinnen:

„O höchste Gabe, die dem düstern Sein
„Die Wissenschaft wohltätig konnt' ersinnen,
„Du hebst den Geist und tötest das Gebein,
„Das stets uns hilft, wenn Unglück uns betrifft,
„Sei mir gegrüßt, du rasches, heil'ges Gift!
„Da jetzt von allem meinem großen Gut
„Nichts übrig blieb, als dieser einz'ge Saft,
„So trink ich jetzo dich mit frohem Mut,
„Denn ich entrinne jetzt der langen Haft.
„Und wenn erstarret ist sodann mein Blut,
„Dann, sinnbetörte Knaben, staunend gafft,
„Enttäuschet dann ist eurer Hoffnung Schimmer,
„Denn Hannibal ergibt sich Römern nimmer!"

Er leert den Trank, und durch die Heldenglieder
Ein leiser, banger Schauer langsam geht,
Es bläuen mählich sich die Augenlider,
Das starre Auge jetzo stille steht,
Die Haut wird fahl, nur manchmal hin und wieder
Sein Kopf sich matter nach der Türe dreht,
Da plötzlich springt er auf von seinen Kissen,
Und schreit auf, von innrer Qual zerrissen:

„Ich fluche euch, ihr grinsend eitle Affen,
„Die höchste Gottheit ist der frechste Wicht,
„Erbärmlich zögernd, schwache, dumme Laffen,
„Nur denken könnt ihr, aber handeln nicht,
„Nicht könnt ihr mutig euch zusammenraffen,
„Es fehlt euch das Bewußtsein selbst der Pflicht,
„Mein Fluch soll auf Karthago sich vererben,
„Das in der Fremd' die Besten läßt verderben."

Er schreit es laut, und stürzt dann matt zusammen,
Jetzt ist er ruhig, still und marmorkalt,
Erloschen sind des Hasses bittre Flammen.
Der Tod, er tats mit siegender Gewalt,
Doch liegt er da, so wie er brach zusammen,
Vom Haß gewunden siehst du die Gestalt,
Und wirr der Bart, der ach so früh ergrauet,
Und Wut aus jedem seiner Züge schauet.

Da! hörst du nicht die eisenschwangern Tritte?
Ein langer Zug von Römern jetzo naht,
Doch glänzend, wie ein Gott in ihrer Mitte
Ragt Scipio, gesendet vom Senat,
Er lenket durch die Pforte seine Schritte,
Da sieht gesunken er den Feindesstaat,
Gesunken sieht er ihn in einem Helden:
„Von dieser Stunde wird die Nachwelt melden.

„Karthagos einzge Stütze ist gefallen,
„In jenem Krämervolk der einzge Mann,
„Er ist der geistge Sieger von uns allen,
„Doch nimmer meidest du des Schicksals Bann,
„Ihn zu vernichten, Göttern hat's gefallen.
„Vergebens war, was immer er ersann.
„Allein die Nachwelt wird ihn preisen, ehren
„Sein Angedenken, ewig wird es währen."

Erwin und Elmire

Fragmente

entstanden Mitte Juni in Wien Sonntag

D IE SONNE WAR SCHON LANGE ZEIT HINABGESUNKEN
Und nur ein blasser, gelber Streif verkündet ihre Pracht
Von Blumendüften trunken
Senkt sich langsam die Nacht.

In weichen Gruppen einen sich die Bäume
Von lila Schatten halb und halb verhüllt,
Die wie Erinnerung an längst vergessne Träume
Des Abendwindes Hauch erfüllt

Sein Wehen ist so krankhaft weich und lau
Wie wenn die zarte, schmale, blasse Hand von einer kranken Frau
In ihrem Schatz von Spitzen, kosend wühlt
Und eine halbe Stunde lang sich glücklich fühlt.

Blaßgrün fast wird das Firmament
Und leuchtend zwischen langen, schmalen, grauen Wolkenreihn
Zerflossen, in blassem und doch durchdringend süßem Schein
Des Mondes volle Scheibe brennt,

Und blickt verzweifelt, schmerzensübermannt
Wie an jenem Abend da allein,
Der Herr der Welt am Kreuz lag ausgespannt

Ich dünke mich so weltentrückt, so weit
Und niederdrückend zieht durch meine Seele
Der große Hymnus der Traurigkeit.

Du solltest, liebe Freundin
Mir mild zur Seite stehn
Beim Lächeln Deines Auges
Wird dieser Spuk verwehn,

Und Deine Hand die kühle
Auf meiner Stirn sollt sein
Es ist so schwer zu kämpfen
Allein, so ganz allein!

Doch jetzt aus dunkler Zukunft
mir entgegenschleicht
Die Zeit daß unser Ende wir erreicht.
Ja, ja, ich werd die Stunde schaun,
Da unter ihren schwarzen, schmalgewölbten Braun,
Der dunkelblauen Augen warmes Licht
Zu einem andern süße Phrasen spricht,
Und da nicht mehr von meiner Hand durchzogen
Elektrisch knistern Deines matten, blonden Haares Wogen,
Und nicht mehr aufgelöst wir aneinander lehnen
So göttlich still, und uns nach nichts mehr sehnen
Nach nichts!
Die Zeit da ich am Ring an Dir vorübergehe
Und wieder jene schlanke Büste sehe
Die mich im Wachen oft verfolgt und oft im Traum
Da den Parfum ich atme Deiner Nähe
Du aber siehst mich kaum

ICH WEISS JA FREUNDIN, WIE DU BIST,
Wie wenig die Vergangenheit Dir ist
Denn was mich armen Träumer an Dir betört
Die Lebensfreude wars, die nichts gestört
Die von vergangnem Weg sich dreht
Und heiter blind dem neuen Tag entgegengeht.
Du bist so seltsam ja, so gar nicht raffiniert
Und nicht vom Kultus Deines Ich's beirrt
Wie ich, der ich am wärmsten stets empfunden
Für meine süßen Sensationen, die entschwunden.
Denn oftmals, wenn ich Deine blassen Lider küßte
Und leise fragte: „Freundin, wenn ich wüßte,
Ob Du noch mein gedenkest, da ich fern"
So sprachest Du zerstreut, gelangweilt: „Gern"
Und seltsam starr und träumend war Dein Angesicht
Wie wenn man von der Seelenwanderung spricht.

DU GLEICHST DEN WUNDERSCHÖNEN FRAUN
Die im Orient dem mystisch stillen Meer entstiegen
Zur Stunde da die Dämmerdüfte graun
Und weich an die smaragdne Flut sich schmiegen,

An jene Frauen hingestreckt
Den Blick im Zauber unserer Nächte baden
Bis sie des Händlers beutbegierge Hand
Als Ware schleppt zum Sklavenland,

[...]

ICH GAB DAS EINZIGE WAS MEIN, DIR HIN.
Mein Freund was kann ich Dir noch geben?
Denn alles was ich hatte lag darin
Mit meiner Liebe nahmst Du auch mein Leben;

Meine Seele ohne Träume schlief,
Die leises Ahnen nur durchbebte
Und als mir Deine Stimme rief
Erschauerte ich und ich lebte

[...]

O, KÖNNTEST DU IN MEINE SEELE SCHAUN
Du würdest nie mit kühlem Wort mich kränken
Du würdest mit unendlichem Vertraun
Dich ins Mysterium meiner Liebe senken,

Du würdest ahnen, was mich einst gequält
Eh' Ruh ich fand in Deinen Armen
Begreifen wie Dein Freund beseelt
Und seines kranken Geistes sich erbarmen

Verstehen, was das Schönste in ihm war
Das sich im Schlamm der Zeit verloren,
Und dann durch Dich so wunderbar
Zu neuem Leben ward geboren

Und ahnest was er jetzt fühlt
Frei von der Sinne trüben Banden
Von kranken Sensationen durchwühlt
In Deinem Lichte auferstanden

Und wenn ich nach so kurzer Frist
Vor Deinem Bild andächtig bete
Die Liebe der Karfreitagszauber ist
Der meine kranke Brust durchwehte

[...]

Ich lieb' Dich wie der bunte Tropfen, der
Am monotonen Sande weinte
Bis ihn das königliche Meer
Auf immerdar mit sich vereinte

ICH BLICK DIE GROSSEN PASSIFLOREN AN
Die schmerzlich um ein Kreuz sich ranken
Es irren dienend diesem Zauberbann
In toten Zeiten träumend die Gedanken

Ich denke an ein blondes, schönes Weib
Das ich als Blume der Passion besungen
Als noch ihr edler, schönheitstrunkner Leib
Vom mystischen Geiste noch bezwungen

Ich denke dran, wie wir gelitten
Und uns voll Seligkeit vereint,
Und denke dran, wie wir gestritten
Wie wir mitsammen dann geweint

Und denk an eine Maiennacht
Voll duftenschwer üppiger Süße
Da selig wir der Zeit gedacht,
Die ich allein und einsam jetzt verbüße

Und wie so anders alles ist geworden.

WIR WAREN MÜDE WAREN REIZBAR
Und stritten, zankten uns sehr oft
Und fanden mitten uns im Grollen
Und küßten, weinten unverhofft

Wir ahnten beide daß wir krank,
Vergähnten manche leise Klage
Nimm Freundin, meinen Dank
Die Stimmung dieser Sommertage.

DREHORGELLIEDER MONOTON ERKLINGEN
Die öden Gassen werden asphaltiert
Verschlafne Dirnen an den Fenstern sitzen
Mit Moschus parfumiert

Und kein Fiacre rollt an uns vorüber
Es ist der Graben sonnengrell und leer
Das Pflaster brennt, die Lüfte drüber
Sind stumpf und matt und schwer.

Du hängst so müd an meinem Arme
Und schweigend schleichen wir dahin
Ich hör Dich einmal leise sagen
Wie leer ist Wien.

Ich lieb Dich nicht, wie ich Dich einst geliebt
In jener Zeit die nah und fern.
Ich lieb Dich gleich der gnadenreichen Blume
Gleich einem leuchtend süßen Meeresstern.

Ich liebe Deinen körperlosen Leib
Aus Rosenduft und Mondesglanz verwoben
Den Du mit Deines Geistes Zauberkraft
Von Venus zur Madonna hast erhoben

Ich liebe in Dir meine eigne Seele
Die ich so wundersam Dir eingehaucht
Und die Du, frei von jeder Fehle,
Ins tiefste Meer der Schönheit eingetaucht

Ich lieb Dein lichtdurchsognes Schattenbild
Das sich im Traum mir oftmals zeigte
Und wie zu einem mystischen Kuß
Auf meine bleiche Stirn sich neigte

Und sich das Neigen Deiner Lichtgestalt
Erlöst von Unruh, Hast und Nervenqualen
Wenn Nachts mir voll magnetischer Gewalt
Die dunkelblauen Anemonen strahlen

Ich liebe Dich weil Du die Ruhe bist
In der die Nerven schmerzlich-süß vibrieren
Und die blassen, dunkeläugigen Frauen
Den kranken Reiz auf immerdar verlieren

Ja wenn des Nachts ekstatisch wir vereint
Da schwinden Qual und Lust und Schmerz der Zeiten
Und ich empfinde, was ich nie empfand
So ungeahnte mystische Seligkeiten.

Was einst Theresia lebensvoll gefühlt
Als sich ihr einte jene mystische Sonne
Und sie vom Lichte und Wärme ganz durchstrahlt
Den Grund gefühlt der uferlosen Wonne

Ich sehe, daß Körperlust und Sinnenlust
Symbole sind und was sie uns erscheinen
Und es durchschauert mich gleich Sphärenlicht
Der Seelen wahr und wirkliches sich Vereinen

S'ist nicht ein Mann, der einem Weibe [s]ich geeint
Ein Glühwurm eint sich mit der großen Sonne
Von Licht und Wärme ganz und gar durchstrahlt
Ahnt er den Grund der uferlosen Wonne

Er ahnt, daß Lust und körperlich Verbinden
Symbole sind, und daß, was sie uns scheinen
Ein blasser Abglanz jener höchsten Freuden
Wenn unsere Seelen wahr und wirklich sich vereinen.

O seltsames Gefühl der höchsten Lust
Mein Ich mit Deinem Ich vereint zu sehn
Das, was ich sonst geahnt in Deiner Brust
Wohl jetzt die eigne Seele zu durchwehn

Gelöst sind doch Deine Stimmungsrätsel mir
Mit denen ich des Tags mich müde quäle
Denn es vibriert in meinem eignen Geist
Jetzt Deine unergründlich tiefe Seele.

O seltsames Gefühl der höchsten Lust
Elmirens Geist in meinem Ich zu sehn.
Was ich in ihr sonst ahnte unbewußt
Ich fühl es hell die eigne Brust durchwehn.

Ja, alles ist gelöst und sternenklar
Die Körper sind es, die unsre Seelen trennen
Dir wars gegeben, plötzlich, wunderbar
Den tiefsten Grund des Leidens zu erkennen

Das dank ich Dir, Du meine liebe Frau
Dir dank ich jenes Meer des Glücks
Du seltsame Madonna unsrer Tage

Ja wir sind eins, und [können ganz und gar]
In dem was mir einstmals verborgen lesen
In meiner kranken Seele wunderbar
Fühl ich ein süßes, weiches Frauenwesen

[...]

Gelöst hat uns Elmirens Hand
Das unergründliche Mysterium der Frau
[Wir brauchten uns auch nicht mehr zu vergeben
Da konnte ich Elmire Dir vergeben]

[...]

Denn was so seltsam unsern Geist durchzieht
Gleich Lüften, die ein Blatt bewegen
Und wenn wir es berühren, uns entflieht
Das leise, kranke, wundervolle Regen.

Die unerklärte große Traurigkeit
Das Seufzen, das blasierte Gähnen
Und jene gerührte Seligkeit
Wenn wir geliebt uns einmal wähnen.

[...]

Es ist die arme, kranke Seele
In welcher Sehnsucht tief vibriert
Und welche, ihre Schwester suchend,
Durch Wüste, Schlamm, und Äther irrt

Und wenn sie glaubt, daß sie gefunden,
Die Körper voller Lust vereint,
Und weil die Geister nicht zu einen
Dann um so herber, bittrer weint,

Und jenes große Nichtbegreifen
Das uns so furchtbar elend macht
Und das so schneidend uns durchschauert
In einer selgen Liebesnacht.

Der Nerven wechselnd Phantasien
In ewig andrer Melodie
Die uns die Liebesqualen schaffen
Der Stimmungen Disharmonien

Ja ganz vereint! Ich fühl es wie ein Wogen
Das mein Leib wie Harfenklang durchbebt
Von Ahnungsschauern wunderbar durchzogen
Begreife ich daß Elmire in mir lebt

Es ist ihr Geist der meine Brust durchschauert
Und ihre Seele die in mir vibriert
Ein Wesen, das so unergründlich trauert
Von leiser Stimmungsflut durchirrt

Das ist das zarte, weiche [Frauen]herz
Das hart und grausam mir so oft gewesen
Ich fühl in meiner zeitenkranken Brust
Ein andres, unendlich krankes und unendlich
                        [weiches Frauenwesen.

Es STÖHNT IN ... ZUM GOTTESSOHN
Ein weiches herzzerreißend Bitten.
Ich liebe, wie ich nie geliebt
Und leide, wie ich nie gelitten.

Ich ahne, was ich nie geahnt,
Empfinde, was ich nie empfunden,
Ich kämpfe einen Todeskampf
Und blute wie aus tausend Wunden.

Es stöhnt die abgrundtiefe Scheu
Es jauchzt die sternenhohe Liebe
Ich kämpfe gegen meinen Freund
Und stürbe, wenn er mir nicht bliebe

Für diese Qualen die mein Herz durchbebte
Wie dank ich Dir o süße Freundin mein
Da ich Dein Leben selbst durchbebte
So nimm mein liebdurchschauertes Verzeihn

Verzeihen? Nein das ewige Begreifen,
Daß Deine Seele näher war dem Licht
[Daß Dir's gelang die Bande abzustreifen]
Und Deinem armen Freund gelang es nicht

Ich danke Dir, weil Du mir klar gezeigt
Wie sehr Du mich geliebt, wie sehr gelitten
Da Du Dich zu dem Freund geneigt
Aus jenem Äther, den Du Dir erstritten

[...]
Du seltsame Madonna unsrer Tage

Ich wär ein Dichter auch vielleicht geworden,
Wenn ich Dich nicht gekannt, o Freundin mein
Es war am Tag, eh wir die Stadt verlassen,
Noch einmal wollt ich ihrer Hast entfliehn

Wir saßen auf dem Sacherhügel
So nah und doch so fern von Wien
Was wohl in Deiner Seele vorgegangen
In jenen Tagen nach dem ersten Scheiden

Ich hatte Dir von Heine etwas vorgelesen
Ich glaube, daß es der Tannhäuser war
Sag an, wer kann sie wiedergeben
Die Stimmung jenes ersten Tags

Der Mond erglänzte ob den Bergen
In bläulich nebelhaftem Schein
Und seine weichen, blassen Strahlen
Saugt gierig meine Seele ein

Doch sieh aus den opalnen Nebeln
Der Wald und See und Eis umwebt
Taucht auf ein wohlbekanntes Bildnis
Von blondem Glorienschein umbebt

Ihr rätselvollen, dunkelblauen Anemonen
Im hellumwogten Statuenangesicht
Die mich so mystisch süß durchdrungen
Warum verschwindet ihr nur nicht

Warum ihr einst geliebten Meeressterne
Die nie den Schiffern untergehn
Warum muß ich in weiter Ferne
So deutlich euren süßen Schimmer sehn

[IM MÄRZ, EIN SAMSTAGABEND
ENDE MÄRZ IN WIEN]

Am Abend zwischen 7–9, o Wien,
Wenn dichtgedrängt durch Deine Straßen ziehn
Durch Kohlmarkt, Ring, durch Kärntnerstraße, Graben,
Sie alle, die dem Forschergeiste in mir Nahrung gaben
Wie hat mich Deine Stimmung ganz und gar berückt,
Die unsere reizvoll kranke Zeit Dir aufgedrückt!
Du buntgemischte, indolente Menge
Die Du elektrisch machst der Straßen Enge.
Nicht die, die in die Welt und in die Oper gehn
Und höchstens noch beim Sacher eine Freundin sehn.
Nein, eine andere, ganz verschiedene Welt
Und die mir dennoch ebenso gefällt
Die jungen Leute, die in Bureaux und Stuben sitzen
Und dort des Tags mit matten Witzen
Nichts als sechs fahle kalte Wände sehn,
Um Abends dann beim Gas als Gigerl zu erstehn.
Und alle blaß, nervös, coquett und elegant
Wie sehr habt Ihr mich Kranken interessiert.
Wie mannigfaltig hab ich Euch studiert.

Dann Septimaner, die des Tags studieren,
In Gruppen, Offziere die sich amüsieren.
Und dann s'ist ja die Stunde, da die blassen Frauen
Am reizendsten, am schönsten anzuschauen.
Da sie das Gas mit gelbem Glanz bescheint
Und ihre unharmonischen Reize seltsam eint.
Da ihre Nerven nachtdurchbebt vibrieren
Und wunderbar magnetisch faszinieren,
Ihr Nachtviolen in der Frauen Reich,

Ihr, alle ähnlich und doch niemals gleich.
Ihr Dirnen, die Ihr langsam durch die Straßen geht
Und glühend jedermann ins Auge seht.
Bald hier ein schlankes kaum erwachtes Kind
Und hier geschminkter Riesenfrauen üppige Leiber
So seltsam rubensartig aufgeputzt, wie tragisch
Hier magere glutäugige und kranke Weiber.

Und dann Ihr hübschen Mädchen, die Ihr in Geschäften seid
Die Ihr in einem nachgemachten, eleganten, allzu kühlen Kleid,
Des Tags geduldig, höflich, freundlich müde zwar,
Bedient der Kunden capriziöse Schar
Und Abends, dann an eines Bruders Arm gelehnt,
Am Corso geht und heimlich Euch nach Ruhe sehnt
Ihr Bürgermädchen, die den ganzen Tag zu Haus gewesen,
Gestickt, geträumt und Felix Dahn gelesen.
Und jetzt am Arm der Mutter eingehängt,
Am Ring sehnsüchtig an die Zeit schon denkt,
Wo in dem Stadtpark auf gezahlten Plätzen
Sich Ballbekannte neben einen setzen.

Ihr sinnlichen geschminkten vierzigjährigen Frauen,
Die auf vergangener Reize Reste bauen,
Ein feuriges Auge, eine kleine Hand
Und sucht bis Euch ein Mensch verstand.
Ihr, denen Alter schon entgegengähnt,
Die Euch nach einem Kinderherzen sehnt.

Ihr Wiener Fraun, die ich so gut verstand,
Verschieden zwar, doch alle blaß, coquett und elegant.
Wie sehr habt Ihr mich Kranken interessiert,
Wie mannigfaltig hab ich Euch studiert
Wie oft bin ich Dirnen nachgegangen,

Um ein Gespräch mit ihnen anzufangen.
Dort in irgendeiner jener kleinen Gassen,
In jenen Häusern, die zur Sünde passen.
So alt phantastisch, winkelreich mit ihren Wendeltreppen,
Wo unbewacht die Mädchen müd hinauf sich schleppen,
Um lustig, lachend dann emporzugehen
Wenn in dem Schlepptau einen Gast sie tragen.
Wie oft im Hof bei matter Lampe Schein,
Lud ich, müd schon sie zum Erzählen ein.
Und sie, die zynisch, schmeichelnd, kosend es probiert,
Ob sie den Fremdling doch nicht mit sich führt.
Erstaunt, daß man umsonst den Gulden ihr gegeben,
Wie sprachen sie von ihrem öden Leben
So ganz verschieden, wie ihr Temperament
Das aber keine, keine glücklich nennt.

Und welche Blicke, Gott, in welche Seelen,
Ja, nur die Dirnen können gut erzählen!
Sie wissen gut zu fluchen, weinen, klagen,
Wenn sie, was ihnen widerfahren sagen.
Sie, die die Welt einseitig doch nicht schlecht verstehn
Weil sie enthüllt, was wir bekleidet sehn.
Die Dirnen lassen sich ja alle gehn.
Wie oft hab' Abends ich am Ring gelauscht,
Was so ein Jägerleutnant mit der Flamme tauscht,
So sehr verliebt und doch so sehr geniert,
Sie müssen warten, bis er avancirt.
Sie ist so schüchtern, mädchenhaft und nett
Und so graziös und wienerisch coquett,
So hübsch und biegsam zierlich die Gestalt
In ihrem feschen Kleid, darin ihr etwas kalt.
Von „Hetz" und „fesch" die gerne sprechen

Wenn ihre Blicke sie nicht unterbrechen.
Sie sind vielleicht von Herzensgrund banal
Und doch sind sie von einem Reiz durchweht,
Den nur vielleicht ein heimisch Aug versteht.
Von Wien durchdrungen und von ihrer Zeit,
Nervös und melancholisch in ihrer Lustigkeit
Und wie von einem leichten Veilchenduft beseelt,
Der uns vom guten Kaiser Franz erzählt.
Wie oft bin ich im Stadtpark nicht gegangen,
Wo soviel Sommerlieben angefangen,
Zu jener Zeit da süßer Mondenschein,
Phantastisch dringt durch dichtes Laub hinein.
Der Garten farbig, rosentrunken fliedersatt,
Im Herzen ruht der dann schon stillen blassen Stadt.
Gleich wie ein Jüngling an den Busen weich und lau
Von einer schön gewesenen vierzigjährigen Frau,
Und von dem Zauber ringsherum durchwühlt,
Den deutlich zwar ihr müdes Herz nicht fühlt
Wie manches Paar in Zärtlichkeit versenkt
Im Dunkeln selig aneinander hängt,
Das Duo Romeo und Juliens in jenen Stunden,
Wie oft sah ich's nicht lebend nachempfunden,
Und im Volksgarten oftmals der Musik gelauscht,
Die mit dem Abendwind in der Kastanien Kronen rauscht.

MODERNE KUNST! DEIN PRIESTERTUM IST SCHWER.
Und ist sie's nicht für jenen zehnmal mehr
Der ohne Herz, das ihn begreift, versteht
Auf dunklem Pfad zum Nichtgekannten geht.
Er, der sich immer an den Größten mißt
Und selbst kaum weiß, ob er ein Künstler ist,
Der leisen Sensationen dunkles Wogen,
Voll Stimmungszauber schmerzlich süß durchzogen
Und dem wenn übers Blatt er seine Feder zieht,
Der lichte Hauch, der ihn beseelt entflieht.
Bis er verzweifelnd sich im Innern fragt
Ob der Vollendung Licht ihm jemals tagt
O wie er Leib und Seele uns zerreißt,
Der seltsame der andre, starke Geist
Der jäh vom Gipfel zu dem Abgrund weist.
Jetzt müssen unsere Nerven leis vibrieren
Und jetzt mit trunkner Wonne phantasieren
Wir müssen lachen, weinen, beten fluchen
Und mitten drin nach einem Reime suchen
Und Abends wenn der zähe Tag vergangen
Mit Schaffen, Streichen, Jubeln Todesbangen
Und wenn man das Vollbrachte dann beschaut
So ist ein farblos Bild, vor dem uns graut
Und es versagt die sonst so scharfe Urteilskraft
Wir sehen das Bild, nicht was die Seele schafft
Kennst Du das Gefühl
Wenn man des Tags geschaffen und dann
Noch in der Götter finstren Bann
Gedichte auf den Lippen, Verse im Ohr
Ans Licht des Gases Abends kommt hervor?
Schwarz ist der Himmel und die Luft ist warm
Der Winter ist vorbei, der Menschen Schwarm

Trägt gelbe Überzieher und das lichte Kleid
Erstaunt, daß es vorgestern noch geschneit
Man ist so froh, daß es nun Abend ist
Daß man die grelle Märzensonne nun vergißt
Voll grellen ungedämpften Lichtes Flut
Die unsern müden Augen wehe tut
Die grell und roh verletzend an uns lacht
Die Frauen alt, die Jungen müde macht,
Den reichen, weichen, königlichen Schnee in Schlamm zertritt
Die Herzen fiebernd macht und träg den Schritt
Gleich einem Liebenden, dem man die Wahrheit sagt,
Die Seele aber macht sie seltsam weich
Erinnerungskrank und zukunftsahnend doch zugleich
Da aus dem Herzen alten Schmerz sie wühlt
So daß in altem Traum die Seele sich glücklich fühlt,
Bis sie auf einmal tief erstaunt erkennt
Daß neues Feuer in dem alten Ofen brennt

ICH WAR DES TAGES MATT ZU HAUS GEWESEN
Und hatte meine alten Briefe durchgelesen
Was ja bekanntlich all' diejenigen tun
Die allzuträg zum Leben gerne ruhn
Vergangne Bilder zogen vor mir hin
Und unten lachte, plauschte, weinte, jagte Wien
So manches war verschwunden ganz und gar
Was einstmals süß und einstmals schmerzlich war
Die Stimmung wollte nicht mehr in mir leben,
Die hastiges Leben allem dem gegeben,
Ein blasser, blonder Mädchenkopf ist in mir aufgetaucht
Von goldnem, fast weißem Seidenflaum umhaucht
Sie blickt mich schüchtern und erschrocken an
Als hätt ich ihr ein großes Leid getan
Ein Leid? Ich habe ja kaum sie angeschaut
In die mein junger Geist erst vertraut
Von meiner Liebe kaum ein Wort gesagt.
Die dunkle Röte ihr ins Angesicht gejagt
Und als ich Blumen einst und Zuckerln schickte
Die ihre Gouvernante dann erblickte
Da war es aus für alle Ewigkeit
Doch freilich eine kurze Zeit
Da glaubten wir von Lieb ... sagen
Weil etwas rasch das Kinderherz geschlagen
Und gestern hat man das Faire-part gebracht
Das ich gleichgültig aufgemacht
Und als den schwarzen Zettel ich in die Hand genommen
Ist keine Träne mir ins Aug gekommen
Kaum daß ich sagte: Armes Kind.
Und selten Zeichen, wie wir egoistisch sind
Nicht um die Tote fing ich an zu klagen
Nein nur im Innern melancholisch mir zu sagen

Auch uns war das tout lassé geschrieben
Und nichts als 4 banale Briefe sind geblieben.
Und vor mir lag das vage, weiche
Wunderbare Reich der Frau
Ich habe bald sie aus der Hand gelegt
Die Briefe, die mich einst so bewegt
Nahm andere die weiter oben liegen
Und eng sich an den blauen Atlas schmiegen
S'ist eine große elegante Comtessenschrift
In jenem Brief, den jetzt mein Auge trifft
Und freilich ist sie anders auch gewesen
Als jenes Kind, dess Brief ich kaum gelesen
Ich sah zuerst sie in einer Pension in Meran
Wo eben eine ihre Traubenkur begann
Und ihre Mutter ihre Schwester
Als einzge Gäste miteinander aßen
Und wir natürlich beieinander saßen,
Sie war sehr klein, und hochgebauschtes, braunes Haar
Rahmte das ovale Antlitz, das wie weißer Flieder war
In dem zwei grüne Augen düster brannten
Ein leichtes Lächeln weht durch das Gesicht
Das wie vom vorigen Jahrhundert spricht.

Du hast Dich in den Spiegel dann geschaut
    Der weich verschwommen Deine Linien bricht
Und einen Zauberleib Dir auferbaut
Aus Rosenfarbe, Silber Gold und feuchtem Licht

Das Bild das in so mattem Glanz entgegenstrahlt
Wirst Freundin, Du, vielleicht in spätern Tagen sein
Dir gleich – doch üppig, farbentrunken ist's gemalt
Und nicht so geistdurchweht, so leuchtend rein

Und doch voll wunderbarer Schöne
Durchhaucht von Stimmungsort und Zeit
Voll lichter, weicher reicher Töne
In Deiner blonden Seligkeit

Wir hatten enge uns umfasst
    Und küssen uns in seligem Schweigen
Schon etwas trunken müde von der Last
Der Blüten welche lautlos steigen

Die Nerven zittern duftdurchtränkt
Der großen Ruhe hingegeben
Es dringt von Blütenduft vermengt
Der weiche Hauch von Deinem jungen Leben

I CH TRÄUMT DASS EINES ABENDS
WEISSER, KRANKHAFT SÜSSER FLIEDER
Ein schwerer Schnee sich senkt zu unserm Pfühle
Und unsere liebesheißen müden Glieder
So weich umrieselnd, düftespendend kühle

Das blonde Haar von Blumen reich durchzogen
Macht Deine Nerven müd und Deine Sinne schwer,
Um Deine lichtdurchzognen Formen wogen
Die Fluten als ein düftetrunknes Meer

Dein Haupt sinkt auf meine Brust
Es streift die Lippe

W IR SASSEN STILL AN EINE BANK GELEHNT
So ganz wie ich's mir oft ersehnt,
Die Stimmung der Natur halb unbewußt
Durchzog auch unsere stimmungskranke Brust
Wir wurden jenem Juliabend gleich
Wir waren müde zärtlich weich
Wie sies so selten, teure Freundin, war
Sie hat das Haupt an meine Schulter leicht gelehnt
Ein leiser Duft entströmt dem weichen Haar
Es war die Nervenruhe, die ich lang ersehnt.

[Ich flüsterte Elmire, ahnest Du
Und unsre Augen waren sich so nah]

[...]

WIR HATTEN ÜBER HEINE AUCH GESTRITTEN
Den kranken Dichter, den Du nicht verstanden
Weil er zugleich genossen und gelitten
Den [nur] die eignen Sünden überwanden

Ich sagte: Sieh, mich schmerzt es tief
Daß unsre Nerven hier nicht gleich empfinden
Daß, was ins Leben meine tiefste Seele rief
Dich Freundin, kalt und fühllos mußte finden

Du aber sprachst: Ja, Du konntest Saiten regen
Die stumm und kalt und spröde in mir zuvor
Du kannst so seltsam mir mein Innerstes bewegen,
Lies mir, mein Freund, von Heine etwas vor.

Und während ängstlich hin und her ich sann
Was Deinem Herz das meiste würde sagen
Nahm zögernd meine Hand das Buch und dann
Hab rasch entschlossen ich es aufgeschlagen

Und leise hab ich Dir gelesen
Das so geliebte, seltsame Gedicht,
Und was des Dichters Erdenbild gewesen
Aus dem Tannhäuser lebend deutlich spricht

Du würdest denken, wie auch dem Freund gefehlt
Eh Ruh er fand in Deinen Armen
Begreifen, was des Dichters Brust beseelt
Bewundern mit unendlichem Erbarmen

Ich schwieg. Du schwiegst und Deine kleine Hand
Hat schweigend mit der meinen sich gewunden
Ich fühlte, wie in diesem Augenblick das Band
Der Nervenliebe fest uns hielt gebunden

Aus Deinen blauen Augen strömten Wogen
So süßen dunklen Lichtes hin zu mir
Das leise Beben ist durch Deine Brust gezogen
Dann sagtest Du: Ich danke Dir

Ich hab's im Innersten gespürt
Was dies Gedicht Dir ist gewesen
Du hast mein Innerstes gerührt
Denn Du hast wunderschön gelesen

[...]

Ich danke Dir, weil ich in Deinem Aug gefunden
Der Liebe uferloses Meer
Mein Freund, Du liebst mich wirklich sehr.

Ich hab Dich lange sehr betrachtet,
Wie Du an meiner Seite hingestreckt
Dem tiefsten Schlafe hingegeben
Eh ich zum letzten Male Dich geweckt

In Dir schien Friede ja und tiefste Ruhe,
Dein Leib, den dicht das weiche Haar umwog
Schien fest und träumelos dem Glücke hingegeben
Das sonst wirr den kranken Geist durchzog

Dein Antlitz, starr in seiner Schöne
Schien voll der Selbstvernichtunglust
Von Deines Atems warmem Hauch gehoben
Hob langsam sich und tief die Brust

Ja, Freundin, Du kannst ruhig schlafen
Der Stunde harrend, die uns trennt

Der Seele tiefes Weh nicht ahnend
Die Deine Zukunft klar erkennt

Du weißt nicht, daß, was Zeit geschaffen
Im Menschenkind die Zeit zerstört,
Daß in vergangnem Glück zu leben,
Der kranken Nerven Macht gehört.

Ich hab Dich allzu gut begriffen
Was schmerzerfüllt mein Geist vergiebt
Bald lehrt Dich neues Glück vergessen
Die Stunden da wir uns geliebt

[...]

Und doch in Deinem Kinderschlafe
Hat mich Dein Anblick tief (berührt)
Den Bann, der mich an Dich gekettet
Hab süß und schmerzlich ich gespürt.

[...]

Doch sieh, gleich wie wenn ein Kranker
Der ein blühend Kind infiziert
Mir ahnt, daß meine Nervenschauer
Im schlafgefangnen Geist vibriert

Ist es der Ahnungsschmerz des Daseins
Der dieses schöne Weib durchdringt
Ist es die Macht der starken Seele
Die sie mit ihrer Macht bezwingt

Ja solche Stunden bleiben doch sich gleich

Nach all dem Sterben, das wir überwunden
Ich hätte so gerne noch im letzten Augenblick
Des dunklen Rätsels Lösung aufgefunden

Ich glaube auch, daß Du, geliebtes Kind,
Mir Deiner Seele Schlüssel wolltest reichen,

Ich wollte Dir noch einmal sagen
Vom Geist, dem alles unterliegt,
Vom Nervenreiz, der uns verbunden
Von Liebe, die den Tod besiegt

Ich glaube, daß Du, geliebtes Kind,
Den Schlüssel Deiner Seele wolltest geben
Ein Wort, das Gott in uns gelegt
Noch einmal, eh uns trennt das alte Leben

Du warst schon drinnen im Coupé
Als sich noch einmal unsere Augen fanden
Voll höchster Nervensympathie
Und dennoch haben wir uns nicht verstanden

Die Küsse, die Du mir noch einmal gabst,
Sie sind mir süß, sehr süß gewesen
Doch tausendmal hätt' mich noch mehr beseelt
Ein Blick in dem ich Deine Seele konnte lesen

Erwin, sprach sie, leb wohl und fasse Dich
Sei glücklich, denk', es muß so sein
Und todestraurig stöhnte ich
Gedenke mein.

Ich danke Dir o mein geliebtes Kind
Daß nicht das Wort der Lippe mehr entflohn
Wo Deine Augen Deine Boten sind
Da darf kein Wort, kein Liebeswort erschrecken

Ja Deine Augen diese Anemonen
Wie haben leuchtend sie geschienen
Wie haben sie von Liebesschmerz entfacht
So seelenvoll und süß geweint

Gleich großen mystischen Anemonen
Die nah am Wasser leuchtend stehn
In deren Kelchen Reize wohnen
Die unsere Seelen nicht die Sinne sehn

Gleich großen leuchtend blauen Fluten
Die Ströme dunkelblauen Lichts
Verklären wunderbar mir Dein Gesicht
Das höchste Nervensympathie durchleuchtet.

Und wie der Zug dem Bahnhof ist entflogen
Da winkte mir noch Deine Hand
Da hat die Ahnung mich durchzogen
Daß mich Dein Geist vielleicht verstand

Wir sind ja beide krank gewesen
Drum war Erkennen und Begreifen schwer
Doch da wir in den Seelen uns gelesen
Gibt es kein Nichtbegreifen (mehr)

Es war der Abend vor deiner Reise
Und Regen und Stürme brausen übers Dach dahin
Und eine düstre Glut brennt im Kamin
Wir schwiegen beide, Du blicktest starr auf ein Bildnis hin

Von Karls I Gattin, nach van Dyck
Ich auf den dunkeln Tee, der in der Tasse braust
Und der ganze Schmerz des Scheidens zieht durch meinen Sinn
Und Du begannst:
Ich habe den ganzen Abend noch nicht auf die Uhr gesehn,
Ich glaube es ist Zeit zum Schlafengehen

Ich aber sprach: O du geliebtes Kind
Noch eine kleine Viertelstunde bleibe
Die letzten Minuten, die uns eigen sind
Nicht schneller noch an mir vorübertreibe

Du zucktest leise mit den Brauen
Mit sehr viel Mitleid und ein wenig fremd
Und sprachst: Nun denn so will ich schauen
Was noch die Zukunft uns

Gar manche Lösung dunkler Frage
Zeigt mir die Kugel am Roulette
Daß mir das Schicksal Antwort sage

Ich hab so mit allen Fibern Dich geliebt
Daß, wenn Du auch für mich verschieden
Die Nacht die blassen lichten Bilder gibt
Der Zeit, da wir uns nicht gemieden

Und wenn bei Tag gescherzt ich und gelacht
Und glaubte nun, es wohne in mir Frieden
Da hat ein schwerer Traum mir in der Nacht
Doch des Erinnerns süße Qual beschieden

Noch einmal bist Du blasse Freundin mein
Der Gruft, in der Du leise schliefst entstiegen
Um der Kerze matten, halben Schein
Voll Seligkeit an meiner Brust zu liegen

Noch einmal hatten wir uns fest umschlungen
Du so geliebtes, seltsam süßes Weib
Noch einmal hat die Nerven ganz durchdrungen
Der Duft von Deinem magern, edlen, golddurchflossnen Leib.

Der Augen schwärmerische dunkle Anemonen
Noch einmal flüstern sie ich liebe Dich
Und jener rätselhafteste der Dämonen
Auf einmal doch vor meinem Kuß entwich

Doch ach; in jener Stimmungswonne
Von unsrer frühen Seligkeit
Hat sich ein Faden eingesponnen
Aus unsrer spätern, unverstandenen Zeit

Mir ist als ob die lieben Züge
Ein dunkler, halbgeahnter Schmerz durchfliegt
Auf einmal ist's als ob die Lippe lüge
Die zärtlich sich an meine Stirne schmiegt

Und all das heitre Farbenmeer
Aus meiner Freundin Brust entflieht
Und Trotz und Gram und Ichverachtung
In ihren starren Körper zieht

[...]

Und während staunend meine Seele
Die furchtbare Verwandlung sieht
So fühl' ich wie der Schmerz der Trennung
Langsam und schneidend meine Brust durchzieht.

Gleich einem Nervenschmerz dess Schneiden
Der Kranke stundenlang nicht spürt
Bis sich das tückisch zähe Leiden
Zu neuem Leben wieder rührt

Und während schmerzerfüllt ich zur Seite lehne
Mein Aug die schreckliche Verwandlung sieht
Da fühle ich wie meine Träne
Benetzt dein warmerblaßtes Lid

Und wieder, wieder hat eine Wandlung sich
In Dir, Du rätselhaftes Weib vollzogen
Mir ist als säh (ich) lächeln Dich
Doch sieh mein Auge blenden lichte Wogen

ABSCHIED

Ich hatte oft an diesen Tag gedacht
An alles das, was wir wohl mußten leiden
Im trüben Traumbild mancher Sommernacht
Hatt' ich durchlebt das erste letzte Scheiden.

Das letzte Scheiden! Weiß ich denn wie lange Zeit
Seltsam zu lieben Deinem Frauenherz gegeben
Wenn ich auch fühle, daß für alle Zeit
In meiner Dichterbrust die süßen Sensationen
                    [Deiner Liebe leben

Wie wahr hast Du gesagt, Vertrauen
Sei, was unseren späten Tagen fehle
Doch sage wie sollen wir auf Nerven bauen
Wir, die so wohl erkannt die kranke Menschenseele

Der Juniabend war so weich und lau
Wie Küsse einer lang geliebten Frau
Der Himmel grau und monoton und leer
Die Luft so matt und süß und schwer

Nicht brach durchs Laub der Mond herein
Man sah bloß einer lichten Wolke Schein
Gleich jenen Rosen die in blassem Gold getaucht
Ein rosa Glanz im innersten durchhaucht.

Wir saßen still an eine Bank gelehnt
Allein, so ganz allein wie ichs mir oft ersehnt
[Du lustig, heiter, witzig aufgelegt
Und ich in meinem Innersten bewegt
Und während Du mit Deinem Schirm gewandt
Karikaturen zeichnest in dem Sand]

JA SOLCHE STUNDEN BLEIBEN STETS SICH GLEICH
Wie sie bei einer Kerzen trüben Schein
Noch halb verschlafen hastig packt die Sachen ein,
Und Kellner Stubenmädchen laufen noch umher
Genieren und erleichtern uns doch sehr
So – sie haben das Gepäck jetzt weggenommen
Ihr Trinkgeld auch, sie habens schon bekommen

Wir sind zum letztenmal allein
Der Mond blickt blaß und todeskrank herein,
Und traurig, vag, lichtgrau erstirbt die Nacht

Rot wird der Kerze Schein
Und auch Elmire scheint mir schmal und bleich
So liebessehnend und glutdurchweht zugleich
Wie nie zuvor.

Auf meine Stirne legt sie ihre Hand
So anders, wie vor alter Zeit
Mit einem Blick, den nur mein Herz verstand
Hat unsre Liebe neu sie eingeweiht

Und dann, so stöhnt leis mein Mund
Dann wirst Du mich vielleicht verstehn
Vielleicht daß unser Geist gesund
So glaub „Aufwiedersehn"

Die letzten Küsse, die wir uns gegeben
Die letzten Worte, die wir noch getauscht
Sie werden ewig in der Seele leben
Die Deinen Worten schmerzdurchwühlt gelauscht

Wer kann uns jene Stimmung wiedergeben
Die Stimmung unsrer unerklärten Liebe.
Ach

U<small>ND</small> D<small>U</small> <small>ENTSCHLIEFST.</small>
B<small>ALD LAGST</small> D<small>U TRÄUMEND DA</small>
Vom blonden seidenweich Haar umwoben
Und ruhig, ahnungslos daß ich Dir nah
Hat Deine Brust im Schlafe sich gehoben.

Fast hätte ich gegrollt, geliebtes Kind
Daß Du so ruhig schliefst die letzten Stunden
Wenn, wie verschieden unsere Seelen sind
Ich nicht so lange schmerzlich schon empfunden

Ich blickte auf Dein leblos Angesicht
Die Lippen, die an meinen oft gehangen
Als noch Dein seltsam Wesen nicht
Von kranken Sinnen war befangen

Ich blickte auf den schlanken Leib

I<small>CH LIEBE</small> D<small>ICH</small> D<small>U MYSTISCHE</small> A<small>NEMONE</small>
Ich liebe Dich Du unergründlich Weib
Ich liebe Deine zeitenkranke Seele
Und Deinen magern, edlen, golddurchflossnen Leib

Ich liebe jenes Stimmungswogen
Das leis und wechselnd Deine Brust durchirrt
Und liebe was für alle Zeiten
So wunderschön in Dir vibriert

Ich lieb Dich nicht mehr, wie ich Dich geliebt
In jenen Tagen, die uns nah, doch fern
Ich liebe Dich gleich der gnadenreichen Blume
Gleich einem leuchtend süßen Meeresstern

Ich lieb das toddurchsogne Schattenbild
Das sich im Traum mir oftmals zeigte
Und wie zu einem mystischen Kuß
Auf meine bleiche Stirn sich neigte

Ich liebe Dich weil Du die Ruhe bist
In der die Nerven schmerzlich süß vibrieren
Wo all die Sündenlast mein Geist vergißt
Und jene Frauen ihren Reiz verlieren

Das traumhaft dunkle Wogen meiner kranken Seele
Das ich bloß ahnte, selber nicht verstanden

Ich liebe in Dir meine eigne Seele
Die ich so wundersam Dir eingehaucht
Die Du trotz ihrer kranken Fehle
Ins tiefe Meer der Schönheit eingetaucht

[...]

Ich liebe Deinen körperlosen Leib
Aus Rosenduft und Mondesglanz verwoben
Den Du durch Deines Geistes Kraft
Von Venus zur Madonna hast gehoben

Ja wenn wir des Nachts ekstatisch uns vereint
So schwinden Qual und Lust und Reiz der Seele
Und ich empfinde, was ich nie empfand
Und ungeahnte, mystische Seligkeiten.

Und durch die Lüfte lag ein Duft von Heu

Die Sterne funkelten zu hell

Es murmelt sinnlich-lau der Quell
In vagem Dunkel schwimmt die Ferne
Am hohen Himmel allzuhell
Glänzen zitternde Sterne.

Sie flimmern sehnsuchtsvoll und groß
Als wollten sie herniedersteigen
Mitfühlend unser seltsam Los
In unserer kranken Brust sich neigen.

Und Düfte irren durch die Luft
Leuchtkäfer glühn, es zirpt die Grille
Durchhaucht von Schönheit und von Duft
Umfängt uns trübe, süße Stille

Mit schwerem, lastendem Gewicht
Ruhn mir im Arm der Freundin Glieder
Dein statuenkühles Angesicht
War blaß wie kaum erblühter Flieder

Es wogt ihr Busen schwer und voll
Von einer Lampe Schein durchschauert
Dem starren Aug' ein Lied entquoll
Das träumt und phantasiert und trauert

O sag
Was zog Dir durch den kranken Sinn
Sahst Du die Zeit vorüberziehn
Die wir so sündig süß genossen
War's Reue, daß Du einst gebannt
Und hast Du spät und doch erkannt
Die leise Stimmungsflut der alten Liebe

Wie Fragen, Suchen glitt es durch die Züge
Des lieben, stimmungskranken Angesichts
Nur einen Augenblick – tonlos
Dann sprachst Du die Lüge
Die rätselhafte Lüge: „Nichts"

Dein dunkles Auge glänzt so wunderbar
Das enzianblaue, geistdurchhauchte
Da wie ein golddurchbebtes Frauenhaar
Ins Wasser eine Schnuppe tauchte

Da dachte ich, daß Du geliebtes Kind
Mir Deiner Seele Schlüssel würdest geben
Die tiefen hellen, die so [verschlossen] sind
Daß ich begreifen könnte und vergeben.

[Du weißt, daß wenn ein Sternbild fällt
Den Liebenden zu wünschen ist gegeben
Sag jenem Boten einer andern Welt,
Welch Hoffen hast Du ihm anheimgegeben?]

Und als wir lang den Stern geschaut
Und als die goldne Spur im See verflogen
Da sprach ich mit der Seele leisem Laut
„Sag mir welch Wunsch Dein müdes Herz durchzogen"

O diese Tränen stimmungskranker Frauen
Sie sind nicht Lüge, wie so manche glauben
Die sich ihr Glück auf ihnen bauen
Das ihnen spätre Stunden rauben.

[...]

WER WEISS OB DES ERINNERNS SO KÜHLE HAND
Die unerfaßte Freundin näher mir verband
Wenn sie den Immortellenkranz mir wand
Und mich dabei zum erstenmal verstand.

Wer weiß ob sie nicht dann erkennt
Das, was die Seele heute Sünde nennt
Wie kranken Nerven nicht die Seelen trennt

Vielleicht ihre Liebe dann das Scheiden überwand

SCHWARZ IN DER GRAUEN NACHT
SAH ICH DEN ZUG ENTFLIEHN
Der meine Freundin abwärts trug nach Wien
Die Lichter sah ich gleich Rubinen glühen
In einer Garbe lichte Funken sprühen

Noch einmal deutlich jenes Angesicht
In dem der milde Schmerz des Scheidens spricht
So matt und blaß und hell und süß und licht
Wie wenn der Mond an einem Regenabend
                       [durch die Wolken bricht,

Zur Aureole wird ihr mattes Haar
Und in dem Meer des Dunstes licht und klar
So liebdurchflossen und so wunderbar
So grüßt mich der dunkelblauen Anemonen Zauberpaar

O Augen, feucht von Sehnsucht weich durchzogen
Wie Abendsterne über Meereswogen
Die nassen Duft der weiten Flut entsogen
Noch ist in euch die Liebe nicht verflogen

Du wirst o, Du geliebte Freundin mein,
Im Geist noch manchmal bei dem Freunde (sein)
Und seinen mitgenossnen kranken Träumerein
Wirst Du noch manchmal eine halbe Stunde weihn

Das weiß er, wehe, der an der Stelle steht
Wo noch der Duft von Deiner Nähe weht
Und zögernd hin nur zu dem Flusse geht
Der abwärts rollt mit träger monotoner Majestät

Doch stimmungszitternd wie Du Freundin bist,
Wer weiß, ob nicht nach allzukurzer Frist
Den kranken Freund die Seele doch vergißt
Für den sie Anfang, dem sie Ende ist

Und während in die stumpfe Flut (er) schaut
Vor deren Monodie ihm's selber graut
Regt sich (in s)einer Brust ein harfenleiser,
                                [lockend vager Laut
Dem er auf einen Augenblick sich anvertraut

ICH HAB MIT UNBEWUSSTEM HOHN
  Zum Kreuz den Nagel hingetragen
Mit dem in jener Nacht den Sohn
Zum zweitenmale wir ans Kreuz geschlagen

Der uns mit dem Donnerkeil
Straft bis ins künftige Geschlecht
Er wußte schnell mich zu ereilen
Hat meine Sünde schwer gerächt

Das Bild, das ich so erhoben
Dem ich Gebete brachte dar

Das ich mit einem Schein umwoben
Aus Stimmungsduft und blassem Haar

[...]

Ich habe unerbittlich Wort
Des Herrn frevlerisch gebrochen,
Der, der bis an den Enkeln fort und fort
Der Ahnen Sünden grausam hat gerochen

Ich hab in Dir gefehlt, geliebtes Weib
Durch Dich und Deine zeitenkranke Schöne
Durch Dein(en) strahlend makellosen Leib
Durch Deines Geists ergreifend süße Töne

Ich hab mein Haupt an Deine Brust gelegt
Als Orgelschlag des Atems Hauch zu trinken
Aber kühles, duftend blondes Haar hat die Stirn umhegt
In Weihrauchfluten glaube ich zu sinken

Und wenn wir schmerzlich-fiebernd uns umfaßt
Wenn sich die Lippen fiebernd fanden
Wenn wir im Taumel süßer Hast
Unwiderstehlich uns verbanden

Da jauchzte dunkel meine Seele
Ob unsrer Sinne süßem Band
Daß sie nach mancher langer Fehle
Den Glauben und die Liebe in Dir fand

Du bist mir Herrin, Königin und Gott
So hat die Lippe liebesirr geflüstert
An jenem Abend, der mit tröglichem Spott
So wunderbar die Nerven uns verschwistert

Ich bin der Herr Dein Gott, so heißt das Wort
Und ich will keinen Gott zur Seite haben
In dem Dein müdes altes Herz als Port
Der Ruhe, wundersüß sich kann erlaben

Nein keinen Schatz von Gold und Edelstein
Nach dem Pöbels Sinne stets begehren
Und auch kein Ideal für Träumerein
Die edleren des Lebens verehren

Kein Bild, aus Marmelstein behaun
Voll Sinnenlust und Geistesglut durchschimmert
In deren blassen Reiz Du meinst zu schaun
Das Schönheitsideal, nach dem die Seele wimmert

Und kein System und keinen Tempel von Gedanken
Den sich die Menschenseele selbst erbaut,
In dem sie mit Bewunderung ohne Schranken,
Des eignen Geistes Zauberwirken schaut

O DU NERVÖSE, UNERLÖSTE NACHT
In der der Menschenseele Schmerz vibriert
Welch Andacht hab ich dargebracht
Wie hast Du meine Seele prosterniert

Sie sprach: geliebter Freund enthülle
Die todestiefe Traurigkeit
Die oft in des Genusses Fülle
Der Martyrkrone Reiz Dir leiht

Ich sprach vom Forschen, das so sehr mich quält
Vom Drang nach Schönheit der mich tief beseelt

Mein Freund Dir fehlt der Glaube

SAG HAST DU DIR DES ABENDS MANCHMAL GEDACHT
Da vor Grillparzer wir umschlungen saßen
Und voll des Duftes jener Maiennacht
Den Ort, die Zeit, uns selber fast vergaßen

Es strömt Kastanienblüten Fliederduft
Gleich einem süßen Morgentraum hernieder
Entnervend weich durchdrang des Walzers Klang die Luft
Und leise duftete der Flieder

Ich hab Dir von der Kunst gesprochen
In der das Heil der Zukunft liegt,
Von unsrer Nervenpoesie

O LASS MICH, LASS MICH
Mit dem Abnormalen, was
Ist normal in dieser kranken Zeit

Du häufst Sophismen weich gen unsre Liebe
Die auch in Deinem Innern dennoch lebt

Was hat die Wandlung wohl
In Dich vollzogen

Banalen Maßstab der banalen Menge

Du bist verrückt mein lieber Freund

Doch grade darum lieb ich Dich

Ich grüß Euch, mystisch dunkle Anemonen
So geistdurchleuchtet und so stimmungssatt
Ihr wurdet Meeressterne, Anemonen

Wir sind sehr müde und wir sind sehr krank,
Das mußt Du teure Freundin auch bedenken

Dein leblos statuenhaftes Antlitz
Durchhauchte rosig warmer Schein

Die Nervenliebe ist's die uns verbindet

Es ist die Riesenmacht der Phrasen
Die dies Geschlecht banalisiert
Sie hat, o Du geliebte Freundin
Dein seltnes Wesen infiziert

Wir haben uns so sehr geliebt
Voll höchster Nervensympathie
Wir kosteten die höchsten Wonnen
Doch heiter, heiter Freundin warn wir nie

Ich habe so mit allen Fibern Dich geliebt
Daß, wenn Du auch für mich verschieden

Wir haben einmal uns verstanden

O Du bist sehr sophistisch, teures Kind

Wien, Wien, das unsrer Liebe Stimmung trägt

Ja Du bist kühl und egoistisch
Doch daß Dein Geist es selber fühlt

Elmire, wenn Dein Aug die Zeilen liest

[...]

Ich lieb Dich nicht, wie ich Dich einst geliebt
Zu jener Zeit, die nah und fern
Ich liebe Dich gleich der gnadenreichen Blume
Gleich einem leuchtend süßen Meeresstern

Ich liebe Deinen körperlosen Leib
Aus Rosenduft und Mondenglanz verwoben
Den Du mit Deines Geistes Zauberkraft
Von Venus zur Madonna hast erhoben.

Ich lieb in Dir das Bild der eignen Seele
Die ich so seltsam einst Dir eingehaucht
Und die Du frei von jeder Fehle
Ins tiefste Meer der Schönheit eingetaucht

Ich liebe Dich weil Du die Ruhe bist
Zu der die Nerven schmerzlich süß vibrieren
Und die heißen, blauumringten Augen jener Fraun
Auf immerdar für mich den Reiz verlieren

Denn wenn Dein lichtdurchsognes Schattenbild
Das sich im Traum mir oftmals zeigte,
Sich wie zu einem mystischen Kuß
Zu meiner bleichen Stirne neigte,

Dann ist der Schrei nach Lust in mir verstummt
Es flohen Unruh Hast und Nervenqualen
Wenn voll magnetischer Gewalt
Die dunkelblauen Anemonen strahlen.

Und wenn Du Dich ektatisch mir vereint,
Verstummt, was aufgewühlt der Schmerz der Zeiten
Und ich empfinde, was ich nie empfand
Der mystischen Liebe trunkne Seligkeiten

S'ist nicht ein Mann, von einem Weib beglückt,
Ein Glühwurm eint sich mit der großen Sonne
Und glutdurchstrahlt und lichtberückt
Ahnt er den Grund der uferlosen Wonne.

Daß Sinnenlust und körperlich Verbinden
Symbole sind, und daß was sie uns scheinen
Ein Abglanz nur vom ewigen sich Finden
Wenn unsere Seelen wirklich sich vereinen

Ja, was so seltsam unsre Brust durchzieht
Gleich Lüften, die ein Blatt bewegen
Und, wenn wir es berühren, uns entflieht
Das leise, kranke, wundervolle Regen.

Die unerklärte große Traurigkeit
Das tiefe Seufzen, das blasierte Gähnen
Und jene allzuweiche Seligkeit
Wenn wir geliebt uns einmal wähnen.

Es ist die arme kranke Seele
In welcher Sehnsucht tief vibriert
Und die geahnte Schwester suchend
Durch Wüste, Schlamm, und Äther irrt

[Ja, was in meiner Seele pocht und zittert
Das bist, Elmire, Du]

DU GLEICHEST JENEN WUNDERSCHÖNEN FRAUN
Die im Orient dem mystisch-stillen Meer entstiegen
Zur Stunde da die Dämmerlüfte graun
Und weich an die smaragdne Flut sich schmiegen.

[Das Meereskind umkost der Sand
Sie sieht die vagen blassen Sterne,
Und phantastisch vom Menschenland
In violett verflossner Ferne]

Bis ein blasierter König, der
Träumend zum Strand die Schritte wandte
Zum weißen Mädchen aus dem Meer
In heißer Liebesglut entbrannte

[Es irrt das wundersame Weib
In Tiefe versunken
Mit dem korallenweißen Leib
Den lichte Seiden reich umgrenzen]

Und mit dem blassen, blonden Haare
Dem irre Düfte weich entsteigen
Und dem duftglühenden Leib
Dem sich die schlanken Erlen neigen

[...]

Und weiche Seide wundersam
Kost die korallenweißen Glieder
Es irrt ein blasser, wunderbarer
Duftkranker, schmerzlich süßer Flieder

[...]

D U BIST WIE EINE DER WUNDERSCHÖNEN FRAUN
Die im Orient dem mystisch-stillen Meer entstiegen
Zur Stunde da die Dämmerdüfte graun
Und weich an die smaragdne Flut sich schmiegen

Und um des Meereskindes Leib
Den göttlich keuschen Schleier weben
Im abgeblaßten Gold des Haars
Wie lila Blüten leise beben.

Sie aber liegt im warmen Sand
Und sieht die vagen blassen Sterne
Noch zitternd vor dem blutgen Brand
Der prunkend glimmt in violetter Ferne,

Sie sieht die große königliche Nacht
Sich langsam im Triumphe senken
Die wehe und morbide Pracht
An Land und Meer und Luft schenken

Und den rubindurchglühten Mond
Am blassen grünen Himmel trauern
Und wolkenbanges, dumpfes Licht
Auf violette Wogen schauern

D IE KRANKE SÜSSIGKEIT UNSRER NACHT
Fühlt sie in ihrer Seele beben
Es ist ihrer [Kinder]brust erwacht
Der Menschenseele seltsam Leben

Ist es Fragen das nach Antwort strebt
Ist es Suchen, ist's wie ein Sehnen
Ist's ein Akkord der durch die Lüfte bebt
Und zittern in der Brust ihr Tränen

Es ist die Stimmung, da man grundlos weint
[Die ewig] wunderbaren Stunden
Da's unsrer Seele glaublich scheint
Daß des Mysteriums Schlüssel sie gefunden

Es ist so schmerzlich und so weich
So traurig und so wunderschön
Dem Singen in den Lüften gleich
Auf abgeschiedener Bergeshöh

[...]

DIE STUNDEN DA MAN VON SICH WEISS
Was Zeit geschaffen und gemein,
Da man unendlich hart begreift,
Unendlich milde kann verzeihn.

Und welche Liebende erfüllt
Mit Geistesliebe Seelensehnen
Und da ein Kuß dem Aug entlockt
Den Strom der unverstandnen Tränen,

Die Stimmung, die die Frau betört,
Und die uns schenkt fürs ganze Leben
Weil wir uns gänzlich hingegeben
Ungelebten Stimmungen

Und lächelt manchmal
Wenn er weint

DIE WELLE DIE SIE WEISS UMSCHÄUMT
Klingt ihr wie ferner Zukunft Mahnen
Sie träumet, wie wir oft geträumt
Und ahnet, wie wir alle ahnen.

Und zu der Seele, die erwacht
Die in den großen Augen schimmert
Und traurig durch den Reiz der Nacht
In feuchten Stimmungsfluten wimmert

Er fragt sie nicht wem sie entstammt
Und wie sie in sein Reich gekommen
Ob sie den ungeahnten Reiz,
Dem Mond, dem Meer, dem Duft entnommen

Er spricht als trüber Egoist
Der in des Lebens Buch gelesen,
Und dem es nach zu kurzer Frist
Zu kurz und monoton gewesen.

DU BIST WIE EINE JENER SCHÖNEN FRAU'N
Die im Orient dem mystisch-stillen Meer entstiegen
Zur Stunde da die Dämmerdüfte grau'n
Und weich an die smaragdne Flut sich schmiegen.

Und um den Leib
Den göttlich keuschen Schleier weben

Er spricht von dem wie er gesucht
Und wie's ihm nie gelang zu finden
Die alte, ewige Monodie
Von unsren ewig-alten Sünden

Er spricht von jenen schlechten Frauen
Die uns durch Leib betrügen
Da ihrer Schönheit wir vertrauen,
Durch die sie ewig uns belügen.

Und wie er Nachts in Träumerein
Ein Frauenbildnis sich erbaute
Das wie morbider Mondesschein
Voll Milde auf ihn niederschaute.

Und wenn er tags sich stumpf gelebt
In seinen trüben Fluten
Sie nachts ihn wunderbar umbebt
Mit ihren schimmernd weißen Gluten

Du aber bist das Zauberbild
Dem meine Seele treu geblieben
Du Jungfrau weich und sternenmild
Unendlich tief kann ich Dich lieben

ICH LIEBTE STETS NUR JENE FRAUN
Die rein den Erdenstaub durchwallen,
Und meine Liebe baute ihr den Palast
Aus Versen, Düften und Kristallen.

Ich liebte eine jener Fraun
Die hell den Zeitenstaub durchschweben
Auf deren lichtdurchhauchter Spur
Der Dichter heiße Küsse beben

Die nur im Traum sich mir geneigt
Im Traum sich mystisch mit mir einte
Indes des Tages sehnsuchtskrank
Nach ihr die hohe Seele weinte.

Und sie als Heilgenbild
Die nie vom Piedestal gefallen
Und ihnen ein Zauberreich erbaut
Aus Versen, Düften und Kristallen.

EIN SCHWÜLER, REGENDURSTGER MAIENMORGEN WARS,
Du blickst so forschend tief in meine Augen,
Die Düfte Deines parfümierten blassen Haars
Läßt gierig Du in meine Seele saugen

DIE IN DES HIMMELS BLASSEN ATLASPFÜHL
Wollüstig, im Triumph sich schmiegen,
Die in phantastischem Gewühl
Des Mondes blutrote Rose überfliegen,

Hier riesig, wunderbar und kolossal
Wie Träume kranker Künstler ragen,
Die von der übermenschlich-großen Qual
Des Geists, der sie geschaffen sagen,

Hier hingegeben, süß und reich
Um blaß zerflossne Sterne fließen,
Gleich Fraun, mild, unendlich weich
Die Tränen mit dem Freund vergießen.

Blickt auf den kranken Jüngling hin
Die Liebesklage die er weinte
Die mit der Stimmung dieser Nacht
Unwiderstehlich sich vereinte

[...]

Entfacht den weichen Zauberband
Zu schönheitstrunknem Nervensehnen
Sie reicht dem König ihre Hand
Und ihrem Aug entfließen Tränen

Von jenen wunderbaren Tränen
Der schönen, duftverhauchten Fraun
In denen sie die eigne Schöne
Gleich wie in einem Spiegel schaun,

Und vor dem Bilde tief ergriffen
Das weich in ihren Tränen lebt
Ein müdes, traurig weiches Sehnen
In ihrer Seele sich erhebt

[...]

DU BIST WIE EINE JENER WUNDERSCHÖNEN FRAUEN
Die im Orient dem mystisch-stillen Meer entstiegen,
Zur Stunde da die Dämmerdüfte grauen
Und weich an die smaragdne Flut sich schmiegen,

Und um den schaumentstiegnen Mädchenleib
Als gottgesandte Schleier weben,
Im abgeblaßten Gold des Haares
Gleich lila Blüten leise beben.

Und sie umwogt der weiche Sand
Sie sieht die vagen blassen Sterne,
Die zittern vor dem großen blut'gen Brand
Der prunkend stirbt in farbentrunkner Ferne,

Und sieht die königliche Nacht
Sich langsam im Triumphe senken
Und wehe und morbide Pracht
An Land und Meer und Himmel schenken.

Sieht den rubindurchglühten Mond
Am blassen, grünen Himmel trauern
Und wolkenbanges dumpfes Licht
Auf violette Wogen schauern.

ES PHANTASIERT IN TRÜBER PRACHT
Der schwüle, graue, monotone Süd
Und wir sind traurig wie nach einer Liebesnacht
Und Du bist reizbar krank und müd

[Die abgestumpfte Melodie
Des Lebens war im Verklingen
Wie eine jener Phantasien
Die nachts im Sommer Dirnen singen,]

Und vor uns hingestreckt die Stadt
In grauen violetten Schleiern
Indes eintönig lebenssatt
Drehorgeln ihre Klagen leiern

So alltagstraurig unerlöst und schwer
Wie nachts im Traum, Städte öfters sehn
Daß unserer Leiden uferloses Meer
Aus jeder Sünde jeder Sterne weint

[Du aber lehntest schweigend da
Und ließest vag die Blicke schweifen

Kaum ahnend, daß Dein Freund Dir nah,
Voll starrem, wehem Nichtbegreifen

Ich aber blickte auf das Angesicht
Das zaubervoll im kranken Suchen flimmert
Und auf das weite Aug, das wunderbar
Das Dunkel Nebel, diesen Tag durchschimmert]

Da dachte ich, daß Du, geliebtes Kind
Mir Deiner Seele Qualen würdest sagen
Ich würde ja begreifend, tief und lind
Die Schmerzen mit Dir tragen

Ich glaube wohl, daß wir uns gleich geblieben
Wenn wir auch fremd heut beieinanderstehn
Ich kann nicht nur Erbarmen lieben
Da ich Dich gerne mocht

Bist meinen Augen Du entschwunden

Und während Deine leise Ambradüfte
Schwer beben um die Stirne mir
Umwehen mich krankhaft laue Lüfte
Die traurig vom Mysterium in Dir

ES PHANTASIERT IN GRAUER PRACHT
Der trübe, schwüle, monotone Süd,
Und wir sind traurig, wie nach einer Liebesnacht,
Und wir sind reizbar, krank und müd,

Wir lehnen lässig an der Freundin Haus
In mattem und gedankendumpfem Schweigen

Indes mit stumpf-einschläferndem Gebraus
Des Lebens Töne in die Stirn uns steigen,

Und vor uns seufzet die blasierte Stadt
In grauen violetten Schleiern,
Indes eintönig, lebenssatt
Drehorgeln ihre Klagen leiern.

So alltagstraurig, unerlöst und schwer
Wie oft im Traum phantastisch eine Stadt erscheint
Drin unsrer Seele uferloses Leidensmeer
Aus jeder Säule, jedem Steine weint.

D<small>U STARRST DAS BILD, DAS RÄTSELVOLLE, AN</small>
<small>Das unsre Stimmung so subtil durchschauert,</small>
Mit einem Blick in dem des Gestern Bann
Dein Heut' durchzitternd, trübe trauert,

Und Deine Augen, die mit schwarzem Saum
Tiefeingegrabene Ringe matt umschlingen
Sie scheinet wie ein gespenstischer Traum,
Erstaunen, Qual, Entsetzen zu durchsingen.

Wie wenn nach einem Ball man durch die Straßen geht
Von dumpfer Nachtluft leis umfächelt
Und vor uns plötzlich eine Dirne steht,
Die winkt und mit geschminktem Munde lächelt

Und wir im früh verwelkten Leib
Todtraurig, tieferstaunt erkannt
Daß wir für dieses jetzt verlorene Weib
Einst tief und keusch und hoffnungslos entbrannt.

[Bei diesem Blick vor dem es mir gegraut
Hab ahnungstiefes Mitleid ich verspürt
Hast Du mich trostlos fragend angeschaut
Dein müdes Antlitz hat mich tief gerührt.]

SAHST DU IM SPIEGEL DES VERTRÄUMTEN WIEN
Der eigenen Seele nie gehauchte Klagen
Sahst Du den blassen Duft entfliehen,
Den Duft von unsern ersten Tagen.

Der ersten unerklärten Liebe Reiz
Die noch das Wort, die fast den Blick verschmähte
Mir ists als ob Dein müdes Angesicht
Todkrank um jene Stimmung flehte

So krank wie weißer Flieder, den
Das heiße Gas zu lang umwehte
Der rührend, rein und wunderschön
Schon trunken um Erlösung flehte

Da's ihn im Dunst der Freudennacht
Durchbebt, zu der sie ihn erkoren
Daß in der sinnentrunknen Pracht
Sein keuscher Duft auf immerdar verloren

SAG AN, WAS SOLL DAS TIEFE LEID
Das Deine Augen unverstanden klagen!
Warum durchweht vom herben Hauch der Zeit
Nicht Deine Schmerzen Deinem Freunde sagen?

Ich glaub es wohl daß wir uns gleich geblieben
Da alle andern werden und vergehn
Doch sieh, ich kann Dich nur unendlich lieben
Und könnte Dich so mitleidstief verstehn.

[Mein Freund was mich so traurig macht
Ich kann es selber nicht ergründen,
Ich habe allzuviel gedacht
Und kann nicht Anfang, kann nicht Ende finden.

Ich aber weiß nicht, wo die Ruhe ist.
Seit jenem Tag, da wir uns trafen]

Und ich möchte schlafen

Und wie Du schleppend die Worte sprachst
  Starb in dem Antlitz Dir das hastge Leben
Du lehnst Dich an die graue Säule an
Die Deine Haare wunderweich umgeben

Gleich marmorweißen Frauen
An alten gotischen Sarkophagen,
Die lässig schwer und zeitenmatt
Den Schmerz erstorbner Tage tragen,

Ich aber träume vor mich hin
Und atme Deinen Ambraduft
Und traurig vom Mysterium in Dir
Verfließt weich die stimmungskranke Luft.

E S TRINKT DIE TODESMÜDE ERDE
Des Regens blasse, süße Litanein
Dem wie Propheten alter Tage
Ihre Klage weihn,

Und in dem leiddurchseufzten Bilde
Hab meiner Leiden gedacht.
Da ich mein Lebensbild erblickte
Im sturmumbrausten Grau der Nacht

Da seh ich durch die grauen Nebel
Hilflos, irr ein Vöglein fliehn
Um das zwei große, schwarze Schwingen
Magnetisch ihre Kreise ziehn,

Und als das Lichterglanz
Da pochte es die Scheiben an
Daß es ihm Licht und Schutz gewahren
Vor jenem trüben Zauberbann

MEIN FREUND, MIR IST ALS WÄR IN DIESER NACHT
Zu viel des Schönen hingezogen
Als hätte zu viel irre Lust
In trunknem Spiel die Brust durchflogen

Wie viel Vertrauen Phantasien
Wie viel Chimären ungeboren
Sah ich an mir vorüberziehn
In sattem Farbenduft verloren;

Wie alle Küsse welche schwer
Durch die Zeiten phantasierend (in) uns beben

Mit ihrem schwülen Stimmungsmeer
Als fühlt ich alle in mir leben.

Mich zu weicher Duft hat umhaucht
Zu süße Töne mich durchsungen,
Und zu viel irre Zärtlichkeit
In viel zu kurzer Zeit durchdrungen

Mir ist, wenn morgens ich erwacht
Als wäre im Traum ein Leben mir verflossen
Und ich bin müd als hätt ich viel gedacht
Und satt weil ich zu viel genossen

M IT IHREM MARMORBLEICHEN LEIB
Um den die goldnen Haare weinen
Indes der dunklen Augen Paar
Wie geistdurchhauchte Steine scheinen

Hielt ich sie für ein Götterbildnis
Froh in der schmerzenstrunknen Zeit
In der unendlich süß erhoben
Die Zeitenlust die Ewigkeit,

Die im Museum ragend stehn,
Und uns von ihrem Leben sagen
Wie Liebeslust und Liebesweh,
Sie heiter, lächelnd, kühl getragen

Wie sie im Augenblick gelebt
Den sie erkoren
Und nicht wie wir im Stimmungsmeer
Vergangner Träumerein verloren,

Die lächelnd auf uns niedersehn
Und unsere Seele tief beugen
Da wir in Seelen, die uns nicht verstehn
Der Seele trübes Sehnen legen.

DAS SIND DIE KÜSSE STIMMUNGSSCHWER
Die durch die Zeiten auf uns leben
Auf deren schnellverhauchter Spur
Der Dichter heiße Tränen beben,

Und die in dem je ein Künstler schuf
Mit ihrem fieberhaftem Reize klingen
Und todestraurig, lockend weich
Stets neu der Menschenbrust durchsingen,

Die weh die ahnungslose Brust durchziehn
Und die Dichter schmerzlich Lüge nennen
Wenn sich die Lippen ihnen abgewandt
Die schwül durch ihre Nächte brennen

Da totes Sehnen bleich und müd
Die wache Nacht morbid beseelt
Und sie der Duft von weichem Haar
Belockend, irr und leise quält

UND MANCHMAL, WENN DIE LIPPE KÜSST
Da flutet starr ihr Blick ins Weite
Sie träumt von einem anderen Mann,
Und nicht vom König ihr zur Seite

Dort wo des Meeres weißer Schaum
Die blassen Anemonen säumet
Und wo des Mondes verhauchter Duft
Auf blassen, grünen Jaspisplatten träumet

D<small>IE DANN IM LAUEN MONAT MAI</small>
Die blassen Litanein umklingen
Und Kerzen weiß wie Frauenfleisch
Mystisch im weichen Dunkel singen,

Es flüstern die weichen Kinder die
Zu früh vom Kelch des Lebens nippen
Die alte wehe wehe Melodie
Mit ihren brennend roten Lippen

Und legen Blumen vor sie hin
Die schwer den bleichen Leib umwallen
Und in den Blumen weichen Hauch
Den Geist von Ihren Leiden allen,

Sie aber stehen müde
Da sie seit fünf mal hundert Jahren
Der Menschheit immer gleichen Schmerz
Jedweden Frühling neu erfahren,

Die selbe quälend süße Luft
Dem welken Blumenrausch sich einte
Mit starkem sattem Weihrauchduft
Um ihre Stirne leise weinte,

[...]

WENN EIN GEDICHT DU JEMALS, FREUNDIN, LIEST
So lies die müden Verse, die uns lieb geblieben,
Und wenn eine Träne dann Dein Aug vergießt
Wirst Du verstehn mich, wenn mich auch nicht lieben

ES PHANTASIERT IN SCHWÜLER PRACHT
Der trübe, schwüle, monotone Süd,
Und wir sind traurig, wie nach einer Liebesnacht,
Wir sind sehr reizbar, wir sind krank und müd,

[...]

EIN BRAUNGETÄFELTER, EIN NIEDRIG WARMER RAUM
Mit Fässern an den Wänden, Fässern auch als Tische
Nichts schönes und nichts häßliches
Und jenes eigentümliche Gepränge von Knappheit
Fertigkeit und Lebensklugheit
Die doch nicht ohne eine Art von élégance
Von amerikanischem Chic. S' war die Bodega.
Und an den Tischen drei betrunkene Trainer.
Du aber sitzest mir gegenüber
In Deiner weichen quellenden lichttrunkenen Ephebenschönheit,
Umwogt von Deinem aschenweichen lichten Haar.
Und zwischen den prunkenden rätselhaften tiefroten Lippen
Brannte eine nervöse schmale Zigarette,
Deren Rauch Du langsam mir ins Antlitz sandtest,
Indes schweigend Deine flutenden dunkelroten Wogen von

GLEICH EINER JENER HOHEN FRAUEN
An alten gotischen Sarkophagen,
Die lässig schwer und zeitenmatt
Den Schmerz erstorbner Tage tragen.

An denen all' die frommen Fraun
Vorüber zum Altare wallen
Wenn unter sattem Weihrauchduft
Die blassen Litaneien erschallen.

Sie aber scheinen schwer zu sein,
Weil nun seit fünfmal hundert Jahren
Der Zeiten gelbes Elfenbein
Der Menschen ewiges Flehn erfahren.

Sie wissen, daß die Frauen, die
Mit trüben Augen und heißen
Zum Heiland heute um Stärke flehen
Von andern Kelchen morgen nippen

Und deren Tränen heute schwer
Am kalten Marmor glühend brennen
Ihrem mit Küssen heißen Angesicht.

DIE HASTIGEN KÜSSE DER VERKAUFTEN FRAUN
Verfliegen schnell, wenn sie auch schmerzlich brennen,

[...]

Ich weiß von Küssen, deren milder Schein
Verscheucht der Seele unbegriffnes Trauern
Und die, wie längst durchliebte Träumerein
So göttlich meine Stirn des Nachts durchschauern

Wie wenn des Mondes zitternd süßer Zauberstrahl
Opalnen Duft den weichen weißen Schnee begießt
Den in dem engen bergumschlossnen Tal
Lichte duftige Lärchen rein umfließt

O, KÖNNTEST DU IN MEINE SEELE SCHAUN
   Du würdest nie mit kühlem Wort mich kränken
Du würdest mit unendlichem Vertraun
Dich ins Mysterium meiner Liebe senken.

Du würdest ahnen, was mich einst gequält,
Eh Ruh ich fand in Deinen Armen,
Begreifen auch, warum Dein Freund gefehlt
Und seines kranken Geistes sich erbarmen.

Verstehn daß, was das Schönste in ihm war
Sich tief im Schlamm der Zeit verloren
Eh es durch Dich so wunderbar
Zum neuem Lichte ward geboren.

Und daß, wenn ich nach kurzer Frist
Vor Deinem Bilde kindlich bete
Die Liebe der Karfreitagszauber ist
Der meine kranke Brust durchwehte.

Und diese Liebe, die den Tod bezwang
Um Geist und Körper zu verklären,
Mit Deiner Seele tiefstem Drang
Würdst Du im Staube sie verehren.

Ich lieb Dich ja als wie der Tropfen der
Auf monotonem Sande weinte

Bis ihn das königliche Meer
Auf immerdar mit sich vereinte

Du aber liebst wie jene schöne Frau
Die aus dem grünen Meeresschoß entstiegen

Ich sprach zu Dir des Abends einst im Mai
Da düfteschwül die Luft erbebte
Die Dämmerung in weichem Einerlei
Mit ihrem mystischen Schleier uns umwebte

In reicher, sinnentrunkner Pracht
Verduften in der Vase blasse, gelbe Rosen,
Die zitternd unterm lauen Kuß der Nacht
Die müden Nerven labend uns umkosen.

Du hast zu seltsam, traurig betörend mich geliebt
So schmerzenstrunkne Wonne hast Du mir gegeben
Daß bei dem Kuß, den eine andre Frau mir gibt
Nur unsere alten langen blassen Küsse leben

Es ist verrauscht die tolle Zärtlichkeit
Die schmerzlich drum, weil maßlos sie gewesen
Die königliche Nacht umfließt uns weich und weit
Und etwas müde schon sind wir gewesen

Und uns durchweht in dieser Seligkeit
So maßlos süß und blaß und weh
Die Traurigkeit

Noch glimmt das leise Feuer im Kamin
Und unter uns durchs lautlos stille Wien

Hört man lang und monoton zum Markt die Karren ziehn
Traurig Symbol des Lebens das erwacht

Der Morgen schaut hohnlächelnd, blaß und kühl herein
Und traurig, satt von all den vielen Träumerein
Vag, lichtgrau erstirbt die Nacht
Rot wird der Kerze Schein

Es ist verrauscht die tolle Zärtlichkeit
Die maßlos süß, weil schmerzlich sie gewesen
Wir starren in die weiche Dunkelheit
Was leis, durchdringend süß mich durchweht
Die große Traurigkeit!

Könnt ich erfassen, wenn ich's wiederfühle
Das lange, weiche, leise Kosen Deiner Hand

Es ist verrauscht die tolle Zärtlichkeit
Das heiße schmerzlich süße sich Verbinden

Und etwas müde sind wir schon gewesen
Indes sich unsere Hände schweigend finden
Hat unser Auge starr gelesen
In der mystisch-weichen Dunkelheit!

O diese langen blassen Küsse von dem Tod der Nacht
Sie haben mich mit zu subtilem Reiz berückend
Sie haben mich zu maßlos weich entfacht
Da Du mich traurig angeblickt

Das ganze, große, unermessne Leid
Der Seele Sehnen das die Körper spürten
Und all der Zukunft Schmerzen ahnen

D U BIST DEN ANEMONEN GLEICH
　　Die in dem Mondlicht mystisch leben
In denen die verhauchten Reize
Der bleichen Menschenseele beben

Erstdrucke in den „Blättern für die Kunst"

SIE SCHWIEG UND SAH MIT EINEM BLICK MICH AN,
In dem der Geist den Geist versteht,
Durch den der eignen Seele Fühlen leis verklingend
Unendlich rührend uns entgegenweht;

Wie wenn in einer alten Kirche
Die Dunkelheit sich langsam neigt
Und trüber Duft von alten Schmerzen
Herb lächelnd auf uns niedersteigt,

Der Duft der längst verstorbnen Zeiten,
Die leise in der Seele weinen.
An Wänden, welche endlos fließend
Uns Träume jener Fraun erscheinen,

Die uralt, welk und zeitenmatt
Um längst entflohne Leiden klagen
Und zitternd in der gelben Hand
Durchgeistigt helle Kerzen tragen,

Indes aus schwülen lila Düften,
Die leis um die Gewölbe beben,
Wie große, blasse, grüne Perlen
Die Fenster mystisch leuchtend leben.

Und endlos suchend durch die Seele
Ein großes bleiches Sehnen klingt,
In dem der Traum von gestern und von morgen
Vereint, verblaßt die Brust durchsingt,

Und uns Altar und Kruzifix verfließen
– Ein Dom den Fieberkranke baun –
Und nur aus einer goldnen müden weiten Glorie
Zwei rätselhafte Augen ins Herz uns schaun.

EINE LOCKE

Sie hat die müde süße Farbe
Vom Gold das seinen Glanz verloren,
Das in dem milden Grau der Asche
Zu neuem Leben ward geboren.

Sie hat die Farbe die so wunderbar
Im Aug' die andern Sinne bindet,
Weil es die Weiche und den Duft
Im abgeblaßten Schimmer findet.

Mir ist als ob ihr ganzer körperloser Reiz
Aus dieser Locke mir entgegenlachte,
Und dann die unbegrenzte Traurigkeit
Der Nächte, die ich einsam keusch durchwachte.

KLAGE DER VERFOLGTEN LIEBENDEN

Mein Herz, was hast Du denn getan?
Du sahst ihn viel zu lange an.
Drum wirst mit Steinen Du beworfen.
Mein Herz, was hast Du denn getan?

Die Schwestern quälen und verhöhnen
Die Seele, die den Eros sich ersehn,
Den Traumverlorenen, den wunderschönen,
Ob einer Liebe, die sie nicht verstehn.

Du sahst ihn viel zu lange an.
Drum wirst mit Steinen Du beworfen.
Mein Herz, was hast Du denn getan?
Du sahst ihn viel zu lange an.

SONETT

Ich bin ein Königskind, in meinen seidnen Haaren
Weht Duft vom Chrysam, das ich nie empfangen.
Es halten meine bösen Diener mich gefangen
Und auch mein Reiz wich müd den langen Jahren.

Nicht er allein, ich habe ihre Macht erfahren;
Im Leben das sie mich zu leben zwangen
Ist alle meine Hoheit hingegangen,
Ich ward so niedrig wie sie niedrig waren.

Sie haben mir den Purpur abgenommen.
Starr blickt mein Aug nach totem Glück ins Ferne:
Wo sind mir meine goldnen Locken hingekommen?

Ich kann nicht schlafen. Quälend sind die Sterne.
Oft nahen tückisch mir im Schlaf die Wächter –
Ich kann nicht schlafen und ich schliefe gerne!

DER FESTE SÜSSIGKEIT WENN SIE ZU ENDE GEHN
Wollt ich dem Welken unsrer Liebe geben –
Doch haben wir ihr Welken nicht gesehn,
Es schien nur welk das ungelebte Leben,

Das uns in unsren Träumen sonst gequält,
Mit Leiden lockend, die wir nie erfahren,
Und deren ferne Hoheit uns mit ihrem Duft beseelt
Der Blumen Duft, die einstmals Wunden waren,

Das Leben schien den Straßen gleich zu sein,
Durch die des Abends fiebernd wir gegangen,
Aus deren körperlosen Häuserreihn
Geheimnisvoll der Seele Träume klangen;

Vor denen wir des Mittags wieder stehn
Da ihr beseelter Reiz verblichen
Und wir sie grell gemein und nüchtern sehn:
Weil unsrer Nächte Trunkenheit von uns gewichen.

D**ANN SIEHT DIE SEELE,**
DASS SIE NUR IHR EIGNES TRÄUMEN FAND!
In diesen langen Blicken, diesen süßen Haaren,
Ihr ist das Gestern so wie eine Frau im Festgewand
Dem dumpfen Volk, durch das sie in der Dämmerung gefahren.

Nach Reizen horchend, die wir morgen nicht verstehn,
Erkennen wir, daß wir sie selbst gegeben,
Und uns blickt seltsam, königlich und schön
Die eigne Seele an, die Inhalt lieh dem Leben.

So seltsam schön wie Wasserlachen blinken
Die Abends hell durch öde Wiesen ziehn
Lang nach der Wintersonne schmerzlichem Versinken
Die auf die schweren Wolken sterbend schien.

KÜSSE

Die schwülen Küsse der verkauften Frau'n
Verfliegen schnell, wenn sie auch schmerzlich brennen,
Weil ja die Dirnen unser vages, süßes mitleidsvolles Grau'n,
Mit welchem wir sie lieben, nie erkennen...

Ich weiß von Küssen, deren milder Schein
Verscheucht der Seele zeitenkrankes Trauern,
Die nachts wie längst durchliebte Träumerei'n
Langsam die blasse müde Stirn durchschauern:

Wie wenn des Mondes zitternd süßer Strahl
Opalnen Hauchs den weichen Silberschnee begießt –
Der lichte duftige Lärchen im umeisten Tal,
So reich und königlich und monoton umfließt...

NACHLÄSSIG STARB, ZU LANGSAM STARB DIE NACHT,
Indes die Fenster groß und weiß im Zimmer sangen,
Wir waren Kinder und wir sind zu früh erwacht...
Es war ein Feiertag und alle Glocken klangen...

Und in dem Augenblick, da uns der Traum entwich,
Da fühlten wir durch unsre Seelen beben
Der Freuden Schatten, die das Fest versprach
Und schön und ungewiß, wie eine Frau im Traum: das Leben.

So sahen es die Götter des Homer,
Wenn auf dem goldnen Lager sie erwachten,
An ihrer Tage schimmernd Perlenband
Und des Genießens Ewigkeiten dachten;

An all die Schlachten, drin ihr Ruf gedröhnt,
An stille Knaben, trunkner Frauen Lieder.
Die Sonne steigt – der bleiche Himmel tönt,
Nach Salbe duften ihre leichten Glieder.

Warum – da unsre Seele lang erkannt,
Daß sie allein dem Dasein Reiz gegeben –
Bei jedem Tag, den einst wir Fest genannt,
Nach unbekanntem sehnsuchtsvoll wir beben?

SONETT

Ich denke derer, die wir einstmals kannten,
Mit lichten Augen und mit lichten Haaren,
Da mit der Sehnsucht wir von sechzehn Jahren
Der Seele gleiches Zittern Liebe nannten. –

Die sich von uns zu einem Weibe wandten,
Bis sie des Daseins Niedrigkeit erfahren,
Und wir sie wiedersehen und das Mal gewahren,
Das in ihr Leben jene Lippen brannten.

Wie den Gardenien Du, die im Gewühle
Von einem Feste an der Brust Dir lagen,
Nach Haus gekehrt gespendet feuchte Kühle: –

Sie duften noch, Du kannst sie nochmals tragen,
Doch wird der Blätter leises Gelb die Schwüle
Von einer viel zu langen Nacht Dir sagen.

Weitere Erstdrucke zu Lebzeiten

DER ACHTZEHNJÄHRIGE

Noch liebt' ich nicht, doch in den Morgenträumen
Fühl' ich ein Kosen, körperlos, doch schwer
Geheimnisvoller, süßer Lichtgestalten. –
Und meine Tage waren müd und leer.

Nur manchmal quoll in mir ein leise reizend Regen,
Wie wenn im Winter vor die Tür wir gehn,
Und plötzlich ungeahnt und lebenstrunken
Verwirrend laue Lüfte uns umwehn.

Oft sehnt' ich mich nach Dingen, die ich nie gekannt,
Um ihnen meine Zärtlichkeit zu geben,
Nach fremden Ländern, längst vergangnen Zeiten,
Nach Sünden, Qualen, Leiden,... nach dem Leben...

Und dies verträumte, unverstandne Leben
Es trug den Dust, verschwommen mild und licht,
Der Jünglinge, die noch kein Weib umfingen,
[...]
Noch liebt' ich nicht.

NOCH LIEBT' ICH NICHT,
DOCH IN DEN MORGENTRÄUMEN
Fühlt' ich ein Kosen, lang und körperlos und schwer,
Geheimnisvoller süßer Lichtgestalten,
Und meine Tage waren müd' und leer.

Nur manchmal quoll in mir ein leise reizend Regen,
Wie wenn im Winter vor die Tür wir gehn
Und fremd und weich und lebenstrunken
Verwirrend laue Lüfte uns umwehn.

Oft sehnt' ich mich nach Dingen, die ich nie gekannt,
Um ihnen meine Zärtlichkeit zu geben,
Nach fernen Ländern längst erstorbnen Zeiten,
Nach Sünden, Leiden, Qualen – nach dem Leben.

Und dieses unverstandne süße Träumen,
Es trug den Dust, so traurig mild und licht,
Der schönen Jünglinge, die noch sich selber lieben.
– Noch liebt' ich nicht. –

Variante aus dem Nachlaß

WIR WAREN KÖNIGLICH IN UNSRER LIEBE,
Nicht wahr, wie bloß die Weisen und die Toren?
Wir kargten nicht mit unsern letzten Stunden,
Wenn wir auch wußten, daß wir uns verloren.

Der Freuden leichter Hochmut lag in uns,
Die kampflos lächelnd unterliegen
Und die im Tod den Mörder wie der süße Hyacinth,
Weil sie ihn nicht gesehn, besiegen!

Wir waren schön gleich jenen Liebespaaren,
Die in den fernen Gärten wir gewahren,
Und die ihr letztes Gold verkaufen müssen,
Um dann die Nacht zu jauchzen und zu küssen.

Schön wie die Könige, die durch die Sagen wallen,
Von einer Frau verraten und entmannt,
Die auf den Bettelstab gestützt ein traumhaft Lächeln
Nur werfen auf ihr einst besessnes Land.

DER FRÜHESTE MORGEN

Der Mond erblaßt, ein leichter Wind hebt an,
Müd wird das Licht der Sterne,
Am feuchten Boden irrt das trübe Licht
Von einer Gaslaterne.

Dort wo der Staub und Schmutz der Nacht
Und ihr unendlich süßes Weinen,
Und ihre Reize namenlos
Vergessen schon zu sterben scheinen...

Die Häuser aber blicken auf die welke Pracht
So wie auf Schmerzen, die man nicht begreift,
Sie haben die erstorbne Nacht
Wie einen schweren Mantel abgestreift,

Indes sie groß und leise lächelnd
Ins kühle Morgenlicht sich dehnen...
So wacht man auf der Reise auf, im fremden Land,
Mit Neugier, Hoffnung, und ein wenig Sehnen,

Und plötzlich fällt die letzte Nacht uns ein,
Sie scheint so weit, da wir beisammen waren,
Die ganze Süße ihres Lächelns,
Und dann... der Duft von jenen Haaren!

VORFRÜHLING

Ich gleiche dem, der krank den Winter lag
Und dann mit heißem Aug und gelben Wangen
An einem drückend lauen Frühlingstag
Mit schwankem Schritte in die Stadt gegangen.

Er ist so fremd, in diesem Lärm um ihn,
Blickt auf die Fraun, die ihm vorbeigezogen
So sehnsuchtsvoll, wie man nach Wesen blickt
– Was sind sie uns? – die uns im Traum umwogen.

Und wie im Traume fühlt er Schleier dumpf
Und üppig um die müden Glieder weben,
Wie einer fremden Blume Duft
Riecht er das sonst gekannte Leben.

[...]

Warum nicht mehr die Märchenblumen blühn
Und Könige heilen, die an Sünden siechen,
Da doch die alten Leiden in uns glühn?

[...]

Er kauft sich Veilchen, welche noch nicht riechen!

O SCHÖN IST NOCH DER ERSTE
SAUGEND-SÜSSE SCHMERZ,
Wenn uns ein Wesen, das man liebt, verlassen:
Durch unsre Nächte weint der Duft von ihrem Haar
Und ihren Namen stöhnt man auf den Gassen.

Dann aber staunen wir, daß ihren fieberhaften Reiz
Nicht unsre Leidenschaft der Welt gegeben,
Sie ist uns fremd und nichts von uns darin,
Leis lächelnd fragen wir: „Ist dies das Leben?"

So wie wenn einer krank den Winter lag
Und dann mit heißem Aug' und gelben Wangen
An einem drückend-lauen Frühlingstag
Mit schwankem Schritt ins Freie ist gegangen.

Er ist so wirr in diesem Lärm um ihn,
Starrt auf die Fraun, die ihm vorbeigezogen,
So sehnsuchtsvoll, wie man nach Wesen fragt,
– Was sind sie uns? – die uns im Traum umwogen.

Und wie im Traume fühlt er bunte Schleier
Sich um die müden Glieder weben.
Wie einer fremden Blume Duft
Trinkt er das sonst gekannte Leben.

Warum nicht mehr die Märchenblumen blühn
Und Könige heilen, die durch Sünden siechen,
Das schmerzlich noch in uns die alten Leiden glühn?
– Er kauft sich Veilchen, welche kaum noch riechen.

Variante aus dem Nachlaß

AM KARFREITAG I

Es kommt wohl vor, daß man auf Österreichs Wegen
Die Juden höhnte, ja sie auch geschlagen,
Weil ihre Augen Sehnsucht nach dem Heiland,
Doch ihre Lippen viele Zweifel tragen.

Das ist nicht gut, o wolle denen, Herr,
Die stolz als Fremde in Europa leben
Des Geistes großen Glanz und Macht und Ruhm
Und ihren Lenden Jakobs Stärke geben,

Doch ihren Seelen gib das milde Licht
Das von Dem kommt, der einst am Kreuz gehangen
[...]

[...]
Erbarm dich auch, o Herr
Der Gaukler, Träumer, der verdorbnen Kinder,

Und allen denen welche soviel gehn
Des Tags, des Nachts, auf Österreichs vielen Wegen,
Nimm ihnen ihre große Müdigkeit
Wenn sie zum Schlaf sich endlich niederlegen.

AM KARFREITAG II

Mein Vaterland, mein Österreich,
Noch immerdar auf allen meinen Wegen?
Bist du nicht jenen Frauen gleich
Die zögernd sich zum Schlafen legen
Und doppelt schön, weil müd und bleich,
Die Seele seltsam uns bewegen?

Wir schwören's dir, Herr Jesus Christ,
Der Österreichs höchster Schirmherr bist,
Wir wollen lieber Österreichisch sterben
Als wie im Deutschen Reich verderben,
Beschirme, Herr, dies alte Reich,
Schirm dein katholisch Österreich!

Dem Dichter Österreichs
Hugo von Hofmannsthal zum 50. Geburtstag

Besinnst Du Dich, wie einst im Abendwind
Schwarzgelb die Fahnen uns entgegenwehten
Wenn wir von Versen und vom Duft des späten
Augusttags trunken ausgegangen sind,

In Österreichs Landschaft, unser Angebind
Von Gott, der lieben hieß des vielgeschmähten
Verratenen Reiches Seele die Poeten
Wie seine Mutter liebt ein frommes Kind?

Fast Knaben durften all wir unser sagen,
Gleichwie der Kaiser, was in Österreich lebte
Alternd sind arm wir jetzt, denn unsre Welt entschwebte.

Dir aber, Dichter, ward in Gleichnissen zu tragen
Der Reize Übermaß, der sie durchbebte
Zu fernen Ländern und zu fernen Tagen!

Gedichte aus dem Nachlass

Sie sprach: Hörst du die Glocken nicht,
Die traumhaft in die Seele klingen?
Das ist der Engel Lobgesang,
Den sie dem reinen Weibe bringen,

Das ist der Schrei der Ewigkeiten,
Den jedes Weib dem Weibe sagt:
– Du bist die Königin der Zeiten,
Dreimal gebenedeite Magd! –

Das ist das rätselhafte Schauern,
Das einmal nur im Leben wir verstehn,
Das hocherlauchte Wort der EINEN,
– Wie kann's geschehn...? –

DAS GAS IST AUSGELÖSCHT,
DOCH DAS GESPENST DER NACHT
Scheint an der Häuser Üppigkeit zu kleben,
Das Licht des Tags verblaßt vor seiner schwülen Pracht,
So wie des Morgens, wenn man süß geträumt, das Leben...

Und in der Ferne sind die Menschen Schatten gleich
Von Helden, welche groß und starr zum Hades wallen –
Sie nah'n und scheinen übernächtig müd' und bleich
Und wie von einem hohen Piedestal gefallen.

Und plötzlich stirbt ihr Schritt, sie starren stumpf,
Vorüber dröhnt ein großer heller Wagen
So wie durch Sterbende ein Sieger im Triumph:
Sie könnten ihm von seinen Morgen sagen,

Ein großer Wagen, laut und lampenlicht,
Der andre Menschen trägt zu andren Zielen,
Auf deren Antlitz noch der bleiche Morgen nicht
Ernüchternd tötend konnte wühlen,

Auf die noch weinend, jubelnd fällt
Der Lichter Glanz, die fiebernd beben, –
Es zieht vorüber eine fremde, wunderbare Welt.
Es ist die Nacht, und dennoch ist's das Leben...

So blickt man auch, von einem Traum erwacht,
Der uns sehr schön schien, eh er uns gelogen,
Fast nur verwundert auf und denen nach,
Die Träume jauchzend uns vorüber wogen.

Es war von jenen Nächten eine,
Durch die des Frühlings Küsse weinen,
Bis gasverwirrt die alten Häuser
Aus schwülem Schlaf zu stammeln scheinen:
Von jenen sonderbaren Winternächten eine,

Da aus dem Schatten schwarzer Kirchen
Uns leise Liebeslieder klingen
Und große starre Heiligenbilder
Von Sinnenlust und -liebe singen
Und hinter den verschwommenen Scheiben
Wir weiche bleiche Schatten ahnen,
Die schön sind, weil wir sie nicht kennen
Und reizen und zur Sünde mahnen.

Von jenen Nächten eine, da
Wir grundlos weinen, grundlos lächeln,
Weil unsern alten Schmerz verwehn
Die Lüfte, die uns lau umfächeln,
In denen laut die Gosse heult,
In denen fremde Düfte beben,
So süß und sehnend wie der Schrei
Der welken Zeiten nach dem Leben...

Von jenen sonderbaren Nächten
Schön wie die frühgefallnen Fraun,
Auf deren müde Brust verwundert
Die magern Kinderschultern schaun –
Es war von jenen sonderbaren Winternächten eine.

Erste Fassung

Es war von jenen Nächten eine,
Durch die des Frühlings Küsse weinen
Bis gasverwirrt die alten Häuser
Aus schwülem Schlaf zu stammeln scheinen
Von jenen sonderbaren Winternächten eine

Da aus dem Schatten alter Kirchen
Uns alte Liebeslieder klingen
Und starre schwarze Heiligenbilder
Von Sinnenlust und -liebe singen
Und hinter den verschwommenen Scheiben
Wir bleiche weiche Schatten ahnen
Die schön sind, weil wir sie nicht kennen
Und reizen und zur Sünde mahnen.

Von jenen Nächten eine, da
Wir grundlos weinen, grundlos lächeln
Und unsern alten Schmerz verwehn
Die Lüfte, die uns lau umfächeln
In denen laut die Gosse heult
In denen fremde Düfte beben
So süß und sehnend wie der Schrei
Der welken Zeiten nach dem Leben...

Von jenen sonderbaren Winternächten eine
Die mit den Reizen uns durchzittern
Ganz junger vielgeliebter Fraun
Bei denen magre Schultern wie von Kindern
Verwundert auf die müden Brüste schaun –

An jenem Abend wurdest Du die meine.

Zweite Fassung

ES GIBT GEFÜHLE, DIE WIR NICHT VERSTEHN,
Die uns wie welker Blumen Duft durchschauern
Um die wir, da sie leise uns verwehn
Gleich wie um Küsse längst Verstorbner trauern

Und Träume, die entflohn, wenn wir erwacht
Und doch in unsrer wachen Seele beben
Wie eine Ahnung nie erlittnen Leids,
Das übermorgen wir vielleicht erleben.

Und es gibt Bilder schöner sündiger Fraun,
Im Reiz erstorbner Zeit verloren,
Um auf den Lippen, um die Brau'n
Das Lächeln, das sie sich erkoren.

Vor denen uns des Lebens unerklärte Traurigkeiten
Für einen Augenblick durchwehn,
Wenn wir der Schminke blutige Küsse
Auf ihren weißen Busen sehn.

DIE GRELLE KUNST, DIE STARKE HASTIGE LIEBE
　Sie blenden mich mit ihrem Purpurschein
Und scheiden gleich zu hohen Tönen
In meine blaß zerhauchten Träume ein.
Ich hasse jede Schönheit mit Namen,
Denn Farbe, Ton und Duft ist mir zu stark
Und jeder Duft zu grell
Und alles scheint mir roh und körpertrunken
Mit jener maßlos harten Süße
Satt mit subtiler Traurigkeit
Die in und um mir formlos flutet
Grau, lila, leise silberbleich
Und Farbe, Ton und Duft zugleich.

Erste Fassung

DIE LAUTE KUNST, DIE STARKE HASTIGE LIEBE,
   Sie tun mir weh mit ihrem Purpurschein,
Denn sie zerstören die verhauchten Nebel
Den müden Duft der Träumerein.
Ich hasse jede Schönheit, welche Namen,
Die einen Körper, einen warmen hat,
Da jeder Ton zu laut, zu grell die Farbe
Und jeder Duft mir viel zu sinnensatt.
Der ich im Meer der Stimmung lebe,
Der Raum verfließet mit der Zeit
Zu einem Meer von bloßer Süße
Satt mit verwehter Traurigkeit.
Das in mir und nie formlos fließet
Licht, Farbe, Duft und Ton zugleich
Und durch die wehe Brust sich gießet
Leis, lila, ambraduftend weich.

Zweite Fassung

Das ist das Holz, das Kreuzesholz
An dem wir alle sind gehangen,
Zu dem, neugierig aufgeblickt
Die Menge, die vorbeigegangen

ICH MÖCHTE STERBEN
UND DU SCHAUST MICH LÄCHELND AN
Wie kannst Du sterben, denn Du bist das Leben
Das wir, wenn auch es kummervoll verrann,
Die Tränen liebend, weinend von uns geben.

Mit des Erinnerns blassen Stimmungsfreuden
Und der verträumten Phantasien
Voll selbstgehegter Stimmungsleiden
Und göttlichen Melancholien.

Mit seinen halbverhauchten Düften
Die leise durch die Seele ziehn,
Mit seinen rätselhaften Farben
Und rätselhaften Harmonien
Mit Düften, die wie Töne weinen,
Mit der Dalila ew'gem Lächeln
Das uns mit seinem Reiz bestrickt
Das Alles, Alles wir vergessen
Wenn es uns lächelnd umgibt.
Das liebe traurige, krankhaft schöne Leben
Wir gar so lieben, weil wirs nicht verstehen.

Erste Fassung

Ich möchte sterben
Und Du schaust mich lächelnd an:
Du kannst nicht sterben, denn Du bist das ewig junge Leben
Nach dessen herbem schwülem Kuß
Die Zeiten, wenn sie sterben beben –

Weil's der Dalila rätselhafte Schönheit trägt
Und der Dalila wahnsinnstrunkne Augen
Aus denen, wenn sie jung dann sterben
Den lächelnd süßen Wahnsinn saugen.

Bis leise, leise sie gehaucht,
Wenn ihre Arme uns umwogen:
Du sagst, Du habest mich geliebt
Und sieh Du hast mir doch gelogen.

Bis unsre Seele todesmüde
Die Bande, die ihr drohn erkennt,
Doch wollustmatt den Atem trinket,
Der schwül auf unsrer Lippe brennt.

Bis wir ihr das Geheimnis stammeln,
Das sie dem Pöbel morgen gibt.
Wohl wissend das, was uns verkauft,
Wir grade darum so geliebt.

Den Duft der halbverblaßten Bilder
Die sehnend in die Seele schaun
Den Duft der kranken Frühverstorbnen
In ihrer Sünde reichem Traum.

Den Duft, den wir im Lächeln trinken,
Mit dem sie uns lang angeblickt,
Da sie die uns so oft verraten,
Uns wieder siebenmal verstrickt

Durch die Gefühle die verfließen,
Die leisen halbverhauchten Farben,
Die Töne welche ungeboren
In unsrer schwülen Seele starben.

So daß wir, wenn das Leben flüstert
„Leb wohl, ich täusche Dich nicht mehr"
Wir stammeln! Lüge aber bleibe.
Ich lieb Dich, lieb Dich viel zu sehr.

Zweite Fassung

M̲IT SEINER RÄTSELHAFTEN TRAURIGKEIT,
Mit seinen weichen, blassen, süßen Tränen,
Mit jenem Zauber der verhauchten Zeit,
Dem vagen, trüben ungestillten Sehnen,

Das dann am stärksten unsre Brust durchweht
Wenn unser Auge glänzt und unsre Wangen brennen,
Und wir den Duft, der schnell vergeht,
Das höchste Glück, die Liebe nennen.

Mit seinen süß verflossenen Düften,
Die leise durch die Seele fliehen,
Mit seiner traumhaft süßen Farbe,
Und halbverhauchten Harmonien.

Was der Dalila süßes Antlitz trägt
Mit dem es lächelnd auf uns blickt,
Mit dem's uns siebenmal verraten
Und wieder siebenmal verstrickt.

Bis unsre Seele todesmüde
Die Bande, die ihr drohn, erkennt,
Und wollustmatt den Atem trinket
Der schwül auf seiner Lippe brennt.

Und weiß, daß sie zu Brüdern werden
Weil ihn ihr Kuß verraten hat,
Mit seinen Freuden, die so schmerzlich sind
Und seinen Leiden, die so göttlich brennen.

WEIL JENER EW'GE STIMMUNGSNEBEL
Ihm seinen kranken Reiz verleiht
Das Leben, das den höchsten Reiz erhält
Weil Duft und Ton und Farbe weich verfließen

Und das was sie Leiden nennen
Als subtilsten Genuß die Seelen genossen
Vor deren Auge es vorüber zieht,
Wie eine Landschaft traumverflossen

In dem an uns vorüberschwebt
Wie eine Landschaft, die der Traum geboren
Und alles was durch unsre Seele lebt
Die Form und die Gestalt verloren

Und Bilder blaß an uns vorüberziehn
Die wir als Töne und als Düfte wahren
Und Bäume unserm Blick entfliehn,
Die wir als kranke Frauen ahnen

Der süße halbverhauchte Reiz,
Da Freud und Liebe bloß verfließen
Und als krankhaft wehe Zärtlichkeit
Im Stimmungsreiz, die Brust durchgießen

Der Blick, das Fühlen in der Brust uns frei
Weil seinem Flehn wir widerstanden
Und stolz und rein und frei geblieben sind
Von der Philister trüben Banden

In dem wir unsrer Seele ganze Kraft
Für ein verträumtes Lächeln geben
Mein Kind, Du bist mein Leben

Wie in uns vierzehnjährigen Knaben
Schon Jüngling und noch Kind genannt?
Begreifend nicht und unbegriffen
Ein seltsam Leben uns entstand

Die Landschaft liebten wir, an der uns in der Nacht
Der Zug geheimnisvoll vorbeigebracht,
Die Dörfer solche, die durch müde Nebel leben,
Als sollten etwas Wunderschönes wir darin erleben,
Nach Zeiten weinten wir, die längst verflogen
Und nach den Wiener Fraun, die lächelnd drin gelogen
Mit einem dufterfüllten weichen Sehnen
Wie Greise weinen um die ersten Tränen.

Im Frühling mit geheimnisvollem Bangen
Sind nach Schönbrunn wir dann hinausgegangen
Bis auf des Gartens ahnend Schönheit Pracht
Sich leise kosend senkt die weiche Nacht
Und in den Schatten, die den alten Strauch umgießen
Mit unsern Träumen wunderbar verfließen,
Und unterm Hauch der schwülen leisen Nacht
Der Blumen Seele lockend uns erwacht
Und seltsam reizvoll durch die Seele weht
Wie Duft von Leiden, die man nicht versteht
Und unser Leben, das wir nicht erlebt
Hat uns in einem Augenblick durchbebt.

[...]

Bis in der Tramway wir zurückgefahren
Der Lärm des Lebens hüllt uns wieder ein
Beleuchtet in des Gases rotem Schein,
Wir aber haben dann Bourget gelesen
Und haben alles das hinein gelegt,

Was in uns rätselhaft und schön gewesen
Was leise quellend sich in uns geregt
Das einzige vielleicht, was uns geblieben,
Die Stimmung, die man nie vergißt,
Da auf der Tramway man die „Lügen"
Bourgets zum ersten Male liest.

Ein Ahnen war's daß etwas in uns starb,
Wir trauerten, um was uns fast verschwunden
Und in dem Trauern weinte leise mit
Die Traurigkeit von dem, was wir noch nicht gefunden,
Wir sehnten uns und wußten nicht wonach,
Wir liebten und wir wußten nicht, wem wir
                              [unsre Liebe geben,
Und gaben sie der eignen süßen Traurigkeit
Dem duftend bleichen und verträumten Leben

Bis einen Freund wir dann gefunden,
Den unsre Seele ahnte, nicht verstand,
Der in den vagen Worten, die wir sprachen
Der eignen Seele große Träume fand
Da kam, daß wir das Fühlen, was wir nicht kannten
Bei einem oft gehörten Worte nannten –

[...]

Doch was uns rührte, war die eigne Stimmung nur
Der eigne Geist, der seltsam uns bewegte
Und seinen traurigen und weichen Duft
In alles, nicht sich selber, legte.
Und unser Leben war ein langer Traum
Durchweht von unserm Fühlen, unserm Lieben,
Und die, in denen nichts von unsrer Seele wir gelegt,
Sie sind uns fremd, wir ihnen fremd geblieben,

Und manchmal auch, wenn wir erkannten,
Daß ein Idol dem wir vertraut

[...]

Da haben Schläfer, die zu grelles Licht geblendet
Vom Leben satt, wir zu uns selbst gewendet.
Es fließt des Gases hastiger roter Schein
Ins seidengraue Licht der Dämmerung hinein.
Es windet sich die Wien in enger Ärmlichkeit
Und dennoch scheint, was jenseits ihr, so weit...
Der Vorstadt hastiges, nachttrunknes Leben,
Das grad erwachte Lüste schwül durchbeben
Die üppige Kirche [körperlos] erscheint
Die lila körperlos zum Himmel weint,
Wo schwarze satte Wolken müder färben
Des welken Purpurs königliches Sterben,
In einer Glorie, die verwoben scheint
Aus Küssen einer sündigen Liebesnacht
Und Tränen, die am Morgen drauf man weint.

WER SAGTE NICHT MIT SECHZEHN JAHREN
Daß keine reine Frau es gibt.
Die Frau nicht mehr in weißem Kleid,
Das lichte Bild von unserm zwölften Jahr

Die Jungfrau und Gebieterin
Mit langem, leisem blondem Haare,
Die nachts durch unsre Träume bebt,
Durchgeistigt und in Duft verloren
Und der wir unser Leben weihn,
Weil unsern Dienst sie sich erkoren.

Es ist die Frau, die lächelnd und geschminkt
Beim Gas in einer engen Gasse abends winkt,
Zu der, wenn man das Monatsgeld empfangen
Man wie zum Ronacher hinausgegangen

Es haben uns die Freunde ja gesprochen,
Noch eh wir je ein Weib erkannt,
Daß es ein Werkzeug gibt der Freude,
Daß dieses Werkzeug Weib genannt?

Und daß in jedem Frauenleibe
Ein Tropfen Dirnenleibes schwimmt,
Und daß der ganze Unterschied gewesen,
Ob sie fünf Gulden oder tausend nimmt.

S'war nicht der große Drang des Lebens
Der hin zum Weib den Jüngling weist
Bis er sie stürmisch selbstvergessen,
In trunknem Drange an sich reißt.

Mit Neugier etwas Scheu doch ohne Bangen
Sind weil's verboten war wir hingegangen
Und kein geheimnisvolles, wunderbares

Mysterium, das wir selber kaum verstehen
Wir haben nicht einmal die große tragische Sünde
Wir haben nur die Schweinerei gesehn,
Und Kinder haben wir behauptet,
Daß nie ein Mann ein Weib geliebt
Man sagt ja auch mit sechzehn Jahren,
Daß keine reine Frau es gibt.

Du hast der Träume wunderbaren Reiz,
Den wir genießen und die uns bewegen,
Weil zitternd hinter dem, was unser Auge schaut
Sich die Phantome unsrer Seele [leise] regen.

Du hast das Lächeln was mich traurig macht
Mit seinem Sehnen nach dem ungelebten Leben
So muß beim Lächeln einer schönen Frau
Ein Toter, der sie lange liebte, beben...

Und Du sprichst Worte, wie man stets sie spricht,
Doch die verwirrend meine Brust durchklingen,
Schwül wie uralte Liebesschwüre,
Die auf uns durch die Zeiten singen.

Und Deine Blicke kosen meinen Leib
Ich fühl, daß was mir Blicke scheinen
Die Seelen sinds, die ihre schrankenlose Zärtlichkeit
In körperlosen Küssen ineinanderweinen,

Sie die der Liebe unerklärten Reiz
In ihrer großen Traurigkeit gefunden
Die den Gedanken, daß der Duft vereint
Untrennbar mit dem Duft des Augenblicks verbunden.

So seh ich manchmal mich im Träume
Vor einem niedern Hause stehn
Wo um das Gaslicht Blumenbeete
Mir müden Duft entgegenwehn.

Zu ihm über seine Küsse weinen,
Die uns des Pöbels Menge gibt,
Und das wir weil wir's treulos wußten
So seltsam wir und weh geliebt
Weil jenes Schillern seiner Seele [ewige Stimmungsnebel]
Uns seinen kranken Reiz verdeckt.

WIR MÖCHTEN DIE SEKUNDEN HALTEN,
Und fühlen leise sie verschweben
Indes durchs Fenster müde leuchtend
Der Dörfer süße Schatten leben.

Es ist als ob die Seele ahnte,
Daß nur im Traum sie glücklich sei,
Daß mit dem Glück des Traums verflogen
Der müde Duft der Träumerei.

Wir wissen nicht, warum wir so gerührt,
Und sind erstaunt, weil unsre Hände beben
Doch ihre Blicke scheinen uns ein Lied
Indes durch Fenster müde leuchtend
Der Dörfer süße Schatten leben.

Und uns verfliegt ihr weicher Hauch
Der Duft von unsrer alten Liebe

ALS SAH ICH UNS NACH DEM THEATER
Durch die Straßen ziehn
Als hört ich ihr lächelndes Flüstern
Wie lieb ist Wien.

Als wären sie das einzige,
Das einzige, was bliebe
In dem der Duft der Stunde weht
Der Duft von unsrer Liebe.

Und blicke sie mit Rührung
Als wäre ich allein
Und dachte, unsre Liebe lebte nur
In toten Träumerein.

Wie wenn man leisen Weihrauch,
Der sie umwehte fühlt,
Oder die alten Walzer hört,
Die sie so oft gespielt.

So fühlte ich mitten in der Liebe
Ein seltsam Trauern mich durchziehn
Da hört ich leise sie mir flüstern
Wie lieb ist Wien.

UND ES GESCHIEHT, WENN EINE LIEBE IN UNS STIRBT,
Daß zärtlicher wir an der Freundin hangen,
Weil wir ein Glück, das unsrer Träume Inhalt war,
In ihrem gleich gebliebnen Reiz umfangen,

Doch für die Stunden unsrer Einsamkeit
Ist nicht einmal das Sehnen uns geblieben.
Wir sehn die Welt, wie sie die Menge zieht
Und können dieses Fühlen doch nicht lieben,

Dann aber kommt die große stumpfe Einsamkeit,
Wir sehn, daß immer wir allein gewesen,
Daß wir der eignen Seele Festgesang
In einer Seele, die ihn nicht gefühlt gelesen.

Und dennoch bebt die Seele noch vom Duft,
Den sie der Zeit, den sie der Welt gegeben,
Und wie im Festkleid morgens eine Frau an einer Straßenecke
Starrt uns seltsam an, das gestern noch gelebte Leben.

Es schlug fünf Uhr. Die Luft war rein und kühl.
Der Morgen lächelt lockend mit den Sternen
Hastig, ängstlich flackernd und schwül
Weinen die Gaslaternen

Und groß und lang und schmal und in die Ferne lächelnd
Blinzeln die Häuser etwas blaß im neuen Licht
Und plötzlich kam die Stimmung über mich
Von jener letzten Nacht im Bahnhotel

Um vier Uhr ging Dein Zug – wir standen
Verschlafen auf – und bei einer trüben Kerze
Packtest Du Deine Sachen – während Kellner
Hausknecht und Stubenmädchen,

Trinkgelder haschend, hereinkamen und über uns
Die dumpfe Stimmung, die uns gemischt erscheint
Aus zu wenig Schlaf, und daß man nichts vergißt,
Und ein Gefühl so leis und ungesprochen,

Daß etwas Neues kommt, was wir nicht kennen
Und etwas leise lächelnd in uns stirbt, was wir geliebt
Bis als ich einmal Dich umarmte,
Auf einmal mich das Gefühl überkam
Daß dieser Leib, den ich in Händen halte
Schon weit sei – weit und daß es auf immer aus –
Der Duft der Küsse vom vergangnen Jahre

Ich zündete ein Licht und blickte auf die Uhr
Dreiviertel Stunden bis zur Abfahrt nur,
Ich blickt um mich, mir ward so weh, so weh
Es war das echte Südbahnhotel

Wo man in einem Ort, den man nicht kennt
Fünf Stunden lang ein Zimmer seines nennt
Bis wenn drei Uhr die große Bahnuhr schlägt
Der Hausknecht auf die Bahn die Sachen trägt

Und über etwas feuchten Betten
Zwei Farbendrucke von den Majestäten,
Und aus dem Fenster ohne Jalousien
Die Träume meiner Seele ziehn.

Das weite Land im süßen Reize der Sommernacht,
Die sterbend schon, berückend, sinnlich lacht
Wir standen auf und packten unsre Sachen
Sehr stumpf – verschlafen – ohne daß ein Wort wir sprachen
Es war auch Zeit – der Hausknecht kam zu fragen
Ob das Gepäck zur Bahn er könnte tragen.

Du bliebst Dir gleich
und deine fremde Schönheit blieb sich gleich.
Der süße Wahnsinn blieb sich gleich im Lächeln.
– So sind's dieselben Märzenlüfte, die
Zu früh, verwirrend, fragend uns umfächeln
Wie die Gedichte unsrer Träume

Drei Uhr! Der Kerze ungewisses Licht
Malt fremdes Leben Dir auf Deine Züge
Du schläfst sehr gut, ich war sehr nah, Du sahst mich nicht
So schlafe weiter – fünf Minuten ist noch Zeit,
Und um Dich träumt so roh und kalt und häßlich
Des Südbahnzimmers kranke Nüchternheit
Die schmalen, etwas feuchten Betten,
Der grüne Rips, fast schwarz, der wenigen Möbel
Und Farbendrucke von den Majestäten,
Und nichts was diese tote Ordnung lebend macht,
Fast nichts von Dir auf allen diesen Stühlen
Der Koffer ordentlich, kaum ausgepackt –
Er war ja nur für eine halbe Nacht –
Und durch das Fenster ohne Jalousien
Gesättigt von der ganzen Menschheit Träumerei
Sah ich die nachtdurchbebte Landschaft ziehn,
Die weit und lockend fühlend scheint zu sein
Und glühender in dieser trunknen Pracht.

Dann standst Du auf, Du warst noch sehr verschlafen,
Du blicktest kaum mich an und packtest ein,
Man sah's Dir an, Du wolltest nichts vergessen.
In meiner Seele war es stumpf und kalt.
Ich wußte kaum, ob Du's warst,
Ward mir Deiner Nähe kaum bewußt
Und sah beim Scheine Dich der Kerze gehn –

Mir tat nichts weh – nur das Gefühl
Als wären die Sekunden jetzt vorbei,
Als müßte man sie halten, als hängt das Leben dran
Und so ein leiser vager Wunsch; ach, könnten
Wir jetzt in diesem Zimmer bleiben – bei der Kerze
Diesem dumpfen Schweigen – ewig.
Auf einmal frugst Du: Kann ich einen Schluck
Von Deinem Cognac haben, mir ist so kalt?
Dann kamen Stubenmädchen 'rein und Kellner
Der Hausknecht auch, man trug die Sachen weg.
Der häßliche brutale Lärm – die offnen Türen
Ein Blick in einen gaserhellten Gang
Als ob wir bloß dies Alles – nur ein Traum,
Uns selber unbewußt – dennoch spüren,
Und man sagt ganz unbedeutende Sachen
Und glaubt es nicht, es ist als ob dahinten,
Das ewige Zwieleid durch die Augen
Der ewigen Sehnsucht, ewigen Zärtlichkeit

Es ist, als ob dazwischen durch die Liebe sänge
Der Reiz verfließt; es ist ja nur ein Traum.
Aber man weiß es nicht, deswegen spricht man wie sonst.
Es ist ein Glück das...
Daß es so satt von unerkanntem Leid.

SONETT

Mit lauen Nächten und mit schwülen Tagen
Mit duftend leichten Kleidern schlanker Fraun
Der Sommer werd' ich viele nicht mehr schaun
Mit Seufzer nachts, mit Traum und Liebesklagen.

Und willig sterb' ich, sterbe ohne Grauen
Nur einem, Herr, werd' ich mit Schmerz entsagen,
Dem Wohlgeruch der großen weißen Blumen auf den Aun
Ich liebte sie, doch ihren Namen konnt' ich nie erfragen.

Ihm auch, der nicht mir Freund und nicht Gefährte,
Der nicht den schweren Weg mit mir gegangen,
Mit Kampf erfüllt, der meine Wappen ehrte.

Noch immer hält sein Bild mein Herz gefangen,
Es sei gesagt, daß ich ihn sehr begehrte
Die Lippen sein, sein Haar, den Flaum auf seinen Wangen.

Textnachweise

Die Edition folgt den jeweils angegebenen Textzeugen, beim *Garten der Erkenntnis* und dem *Hannibal*-Zyklus den Erstdrucken von 1895 und 1888, in den weiteren Fällen späteren Ausgaben, die überwiegend auf Brouillonhefte (1893/94) aus dem Nachlaß Leopold Andrians (Deutsches Literaturarchiv, Marbach am Neckar) und auf einzelne Handschriften im Nachlaß Stefan Georges (Württembergische Landesbibliothek, Stuttgart) zurückgehen. Der Abdruck des fragmentarischen Gedichtzyklus *Erwin und Elmire* orientiert sich an der Rekonstruktion von Joëlle Stoupy, wobei nicht auszuschließen ist, daß einzelne der Brouillon-Gedichte ursprünglich nicht in diesem Zusammenhang standen.

Text- und Zeichentreue bleiben weitgehend gewahrt, doch wurden Druckfehler stillschweigend bereinigt, veraltete Schreibweisen („Heirath", „Geheimniß", „Convict", „meditiren", „stylisiren", „Todte", „Charfreitag", „indeß", „in's") behutsam modernisiert, inkonsequente Schreibweisen (Klein- statt Großschreibung am Versbeginn, Groß- oder Kleinschreibung von Personalpronomina) vereinheitlicht und einige wenige dem Verständnis dienliche Kommata ergänzt.

Andrians Gedichte in den *Blättern für die Kunst* erschienen in der dort üblichen Kleinschreibung (mit Ausnahme der Zeilenanfänge) und zum Teil mit nicht autorisierten redaktionellen Änderungen, die jedoch, sofern es sich um tatsächliche Verbesserungen handelte, bei späteren Ausgaben oft übernommen wurden; die vorliegende Edition folgt den ästhetisch orientierten Textfassungen Walter H. Perls, ohne die Varianten im einzelnen nachweisen zu können.

Besondere editorische Probleme werfen die in den Brouillonheften überlieferten, nur schwer entzifferbaren Handschriften des Zyklus *Erwin und Elmire* auf, die zudem zahlreiche Wiederholungen, Abbrüche, Streichungen, Kürzel und unleserliche Korrekturen enthalten. Bevorzugt wurden Gedichte, deren Konzeption bereits weit gediehen ist. Signifikante Auslassungen sind durch [...] gekennzeichnet, aufschlußreiche Streichungen werden in eckigen Klammern mitgeteilt, sinnfällige Ergänzungen des Herausgebers stehen in runden Klammern. Eindeutige Abbreviaturen („u.") wurden ausgeschrieben, Unterstreichungen nicht vermerkt. In einigen Fällen mußten sich Schreibungen an den Endreimen orientieren. Eine vollständige Textsicherheit ist weder bei den Brouillon-Fragmenten noch bei den meisten anderen handschriftlich überlieferten Gedichten erreichbar, von einer historisch-kritischen Edition mußte schon deshalb, aber auch zugunsten einer besseren Lesbarkeit abgesehen werden.

Sigleverzeichnis

ED: Erstdruck

ND: Nachdruck(e)

Blätter: Blätter für die Kunst, Berlin (Privatdruck), 12 Folgen, 1892-1919.

Gedichte 1913: *Gedichte.* Den Haag, Haarlem: De Zilverdistel, 1913.

Das Fest der Jugend 1919: *Das Fest der Jugend. Des Gartens der Erkenntnis erster Teil und die Jugendgedichte.* Berlin: S. Fischer, 1919.

Das Fest der Jugend 1948: *Das Fest der Jugend. Des Gartens der Erkenntnis erster Teil, die Jugendgedichte und ein Sonett.* Graz: Schmidt-Dengler, 1948.

Perl 1960: *Leopold Andrian und die Blätter für die Kunst.* Herausgegeben und eingeleitet von Walter H. Perl. Hamburg: Dr. Ernst Hauswedell & Co, 1960.

Perl 1972: *Frühe Gedichte.* Herausgegeben von Walter H. Perl. Hamburg: Dr. Ernst Hauswedell & Co., 1972.

Der Garten der Erkenntnis. Berlin: S. Fischer, 1895. 61 S.; ND: 2. Aufl. Im Auftrage von Alfred Walter von Heymel. Leipzig: Officina Drugulin, 1910. 35 S.; 3. Aufl. Den Haag, Haarlem: De Zilverdistel, 1913. 47 S.; 4. u. 5. Aufl. (*Das Fest der Jugend. Des Gartens der Erkenntnis erster Teil und die Jugendgedichte*). Berlin: S. Fischer, 1919. 77 S. (*Das Fest der Jugend*, S. 11-58); 6. Aufl. (*Das Fest der Jugend. Des Gartens der Erkenntnis erster Teil, die Jugendgedichte und ein Sonett*). Graz: Schmidt-Dengler, 1948. 72 S. (*Das Fest der Jugend* S. 9-49); Sonderdruck für die Freunde des Insel-Verlages zum Jahreswechsel 1964/65. Nachwort von Walter H. Perl. Frankfurt/M.: Insel-Verlag, 1964. 61 S.; Mit Dokumenten und zeitgenössischen Stimmen herausgegeben von Walter H. Perl. Frankfurt/M.: S. Fischer, 1970. 101 S. (S. 1-58); (Auszug). In: *Die Wiener Moderne. Literatur, Kunst und Musik zwischen 1890 und 1910*. Herausgegeben von Gotthart Wunberg unter Mitarbeit von Johannes J. Braakenburg. Stuttgart: Reclam, 1981, S. 373-380; (*Das Fest der Jugend*). In: *Spiele ohne Ende. Erzählungen aus hundert Jahren S. Fischer Verlag*. Ausgewählt von Hans Bender. Frankfurt/M.: S. Fischer, 1986, S. 19-39; Mit einem Nachwort von Iris Paetzke. Zürich: Manesse (Manesse Bücherei 32), 1990. 68 S.
Übersetzung der Mottos:
„Und deswegen handelt er, damit er erleidet, was er erleidet, weil er gehandelt hat."
„Je erhabener und vollkommener eine Seele ist, desto mehr fühlt sie in jedem Ding das Gute und das Böse."

Vorrede zur vierten Auflage. In: *Das Fest der Jugend. Des Gartens der Erkenntnis erster Teil und die Jugendgedichte.* Berlin: S. Fischer, 1919, S. 7-9; ND: *Das Fest der Jugend. Des Gartens der Erkenntnis erster Teil, die Jugendgedichte und ein Sonett.* Graz: Schmidt-Dengler, 1948, S. 5-8; *Der Garten der Erkenntnis.* Mit Dokumenten und zeitgenössischen Stimmen herausgegeben von Walter H. Perl. Frankfurt/M.: S. Fischer, 1970, S. 59-62.

Hannibal. Romanzen-Zyklus (Romanzen-Cyclus). Venedig: Lith. Tip. Anst. Ferrari, Kirchmayr & Scozzi, 1888. 22 S.

Erwin und Elmire. Fragmente. In: *Fragmente aus „Erwin und Elmire".* Herausgegeben, eingeleitet und kommentiert von Joëlle Stoupy. Amsterdam: Castrum Peregrini Presse, 1993, S. 46-118; ED einzelner Gedichte oder Strophen, teilweise mit Varianten, bei Perl 1960 (*Es phantasiert in grauer Pracht,* S. 83, ND 1972, S. 18; *Du starrst das Bild, das rätselvolle, an,* S. 85, ND 1972, S. 19; *Sahst Du im Spiegel des verträumten Wien,* S. 87, ND 1972, S. 20) und 1972 (*Die Sonne war schon lange Zeit hinabgesunken,* S. 39; *Du solltest, liebe Freundin,* S. 40; *Doch jetzt aus dunkler Zukunft mir entgegenschleicht,* S. 42; *Ich weiß ja Freundin, wie Du bist,* S. 43; *Ich lieb Dich nicht, wie ich Dich einst geliebt* [*Ich liebe Dich weil Du die Ruhe bist, O seltsames Gefühl der höchsten Lust*], S. 52, 57; *Im März, ein Samstagabend. Ende März in Wien,* S. 64-67; *Du bist wie eine jener wunderschönen Frauen,* S. 45; *Ein braungetäfelter, ein niedrig warmer Raum,* S. 73; *Gleich einer jener hohen Frauen,* S. 60; *O könntest Du in meine Seele schaun (II),* S. 44; *Ich sprach zu Dir des Abends einst im Mai,* S. 56; vgl. Stoupy, S. 123-126).

Sie schwieg und sah mit einem Blick mich an. In: Perl 1972, S. 7; ED (*Aus dem „Buch der Traurigkeit"*): *Blätter* II (1894/95), Bd. 1 (Januar 1894), S. 17f.; ND: *Gedichte* 1913, S. 8f.; *Das Fest der Jugend* 1919, S. 61f.; *Almanach auf das Jahr 1946.* Wien: Agathon, 1945, S. 44f.; *Das Fest der Jugend* 1948, S. 53f.; Perl 1960, S. 63 (Varianten S. 62).

Eine Locke. In: Perl 1972, S. 8; ED (*Aus dem „Buch der Traurigkeit"*): *Blätter* II (1894/95), Bd. 3 (August 1894), S. 83; ND: *Blätter für die Kunst. Eine Auslese aus den Jahren 1893–1898.* Berlin: G. Bondi, 1899, S. 148 (*Verse von 1894*); *Gedichte* 1913, S. 11; *Das Fest der Jugend* 1919, S. 64; *Das Fest der Jugend* 1948, S. 56; Perl 1960, S. 65; *Die Wiener Moderne. Literatur, Kunst und Musik zwischen 1890 und 1910.* Herausgegeben von Gotthart

Wunberg unter Mitarbeit von Johannes J. Braakenburg. Stuttgart: Reclam, 1981, S. 364.

Klage der verfolgten Liebenden. In: Perl 1972, S. 9; ED (*Aus dem „Buch der Traurigkeit"*, ohne Titel): *Blätter* II (1894/95), Bd. 3 (August 1894), S. 84; ND: *Gedichte* 1913, S. 12; *Das Fest der Jugend* 1919, S. 65; *Das Fest der Jugend* 1948, S. 57; Perl 1960, S. 67 (Varianten S. 66).

Sonett (Ich bin ein Königskind, in meinen seidnen Haaren). In: Perl 1972, S. 10; ED (*Sonett*): *Blätter* IV (1897/99), Bd. 1/2 (November 1897), S. 30; ND: *Blätter für die Kunst. Eine Auslese aus den Jahren 1893–1898.* Berlin: G. Bondi, 1899, S. 149 (*Verse von 1894*); *Gedichte* 1913, S. 21; *Das Fest der Jugend* 1919, S. 73; *Das Fest der Jugend* 1948, S. 65; Perl 1960, S. 69; *Die Wiener Moderne. Literatur, Kunst und Musik zwischen 1890 und 1910.* Herausgegeben von Gotthart Wunberg unter Mitarbeit von Johannes J. Braakenburg. Stuttgart: Reclam, 1981, S. 364f.

Der Feste Süßigkeit wenn sie zu Ende gehn. In: Perl 1972, S. 11; ED: *Blätter* V (1900/01, Mai 1901), S. 58 (*Frühe Verse*); ND: *Blätter für die Kunst. Eine Auslese aus den Jahren 1898–1904.* Berlin: G. Bondi, 1904, S. 112 (*Frühe Verse*); *Gedichte* 1913, S. 15; *Die Dichtung* I (1918), Buch 2; *Das Fest der Jugend* 1919, S. 68; *Das Fest der Jugend* 1948, S. 60; Perl 1960, S. 71.

Dann sieht die Seele, daß sie nur ihr eignes Träumen fand! In: Perl 1972, S. 12; ED: *Blätter* V (1900/01, Mai 1901), S. 59 (*Frühe Verse*); ND: *Blätter für die Kunst. Eine Auslese aus den Jahren 1898–1904.* Berlin: G. Bondi, 1904, S. 113 (*Frühe Verse*); *Gedichte* 1913, S. 14; *Die Dichtung* I (1918), Buch 2; *Das Fest der Jugend* 1919, S. 67; *Das Fest der Jugend* 1948, S. 59; Perl 1960, S. 73 (Varianten S. 72).

Küsse. In: Perl 1972, S. 13; ED: *Blätter* V (1900/01, Mai 1901), S. 59 (*Frühe Verse*); ND: *Blätter für die Kunst. Eine Auslese aus den*

Jahren 1898–1904. Berlin: G. Bondi, 1904, S. 113 (*Frühe Verse*); *Gedichte* 1913, S. 13; *Das Fest der Jugend* 1919, S. 66; *Das Fest der Jugend* 1948, S. 58; Perl 1960, S. 75 (Variante S. 74).

Nachlässig starb, zu langsam starb die Nacht. In: Perl 1972, S. 14; ED: *Blätter* V (1900/01, Mai 1901), S. 60 (*Frühe Verse*); ND: *Blätter für die Kunst. Eine Auslese aus den Jahren 1898–1904.* Berlin: G. Bondi, 1904, S. 114 (*Frühe Verse*); *Gedichte* 1913, S. 22f.; *Das Fest der Jugend* 1919, S. 74; *Das Fest der Jugend* 1948, S. 66; Perl 1960, S. 77; *Die Wiener Moderne. Literatur, Kunst und Musik zwischen 1890 und 1910.* Herausgegeben von Gotthart Wunberg unter Mitarbeit von Johannes J. Braakenburg. Stuttgart: Reclam, 1981, S. 365f.

Sonett (Ich denke derer, die wir einstmals kannten). In: Perl 1972, S. 15; ED (*Sonnett*): *Blätter* V (1900/01, Mai 1901), S. 61 (*Frühe Verse*); ND: *Blätter für die Kunst. Eine Auslese aus den Jahren 1898–1904.* Berlin: G. Bondi, 1904, S. 115 (*Frühe Verse*); *Gedichte* 1913, S. 19; *Die Dichtung* I (1918), Buch 2; *Das Fest der Jugend* 1919, S. 71; *Das Fest der Jugend* 1948, S. 63; Perl 1960, S. 79.

Der Achtzehnjährige. In: Perl 1972, S. 31; ED: *Gedichte* 1913, S. 10; ND: *Das Fest der Jugend* 1919, S. 63; *Das Fest der Jugend* 1948, S. 55.

Noch liebt' ich nicht, doch in den Morgenträumen. In: Perl 1972, S. 23; ED: Perl 1960, S. 93.

Wir waren königlich in unsrer Liebe. In: Perl 1972, S. 25; ED: *Gedichte* 1913, S. 16; ND: *Das Fest der Jugend* 1919, S. 69; *Das Fest der Jugend* 1948, S. 61; Perl 1960, S. 97 (Varianten S. 96).

Der früheste Morgen. In: Perl 1972, S. 32; ED: *Gedichte* 1913, S. 17f.; ND: *Die Dichtung* I (1918), Buch 2; *Das Fest der Jugend* 1919, S. 70; *Das Fest der Jugend* 1948, S. 62.

Vorfrühling. In: Perl 1972, S. 30; ED: *Gedichte* 1913, S. 20; ND: *Das Fest der Jugend* 1919, S. 72; *Das Fest der Jugend* 1948, S. 64.

O schön ist noch der erste saugend-süße Schmerz. In: Perl 1972, S. 22; ED: Perl 1960, S. 91.

Am Karfreitag I. In: Perl 1972, S. 34; ED: *Gedichte* 1913, S. 26f.; ND: *Das Fest der Jugend* 1919, S. 75; *Das Fest der Jugend* 1948, S. 67 (entstanden nach 1900).

Am Karfreitag II. In: Perl 1972, S. 35; ED: *Gedichte* 1913, S. 28; ND: *Das Fest der Jugend* 1919, S. 76; *Das Fest der Jugend* 1948, S. 68 (entstanden nach 1900).

Dem Dichter Österreichs. In: Perl 1972, S. 36; ED: *Eranos. Hugo von Hofmannsthal zum 1. Februar 1924.* München: Bremer Presse, 1924, S. 159; ND: *Das Fest der Jugend* 1948, S. 69-71.

Sie sprach: Hörst Du die Glocken nicht. In: Perl 1972, S. 21; ED: Perl 1960, S. 89.

Das Gas ist ausgelöscht, doch das Gespenst der Nacht. In: Perl 1972, S. 24; ED: Perl 1960, S. 95.

Es war von jenen Nächten eine (I). In: Perl 1972, S. 26; ED: Perl 1960, S. 99.

Es war von jenen Nächten eine (II). In: Perl 1960, S. 101; ND (letzte Strophe): Perl 1972, S. 27.

Es gibt Gefühle, die wir nicht verstehn. In: Perl 1972, S. 28; ED: Perl 1960, S. 103.

Die grelle Kunst, die starke hastige Liebe. In: Perl 1972, S. 54.

Die laute Kunst, die starke hastige Liebe. In: Perl 1972, S. 55.

Das ist das Holz, das Kreuzesholz. In: Perl 1972, S. 46.

Ich möchte sterben und Du schaust mich lächelnd an (I). In: Perl 1972, S. 47.

Ich möchte sterben und Du schaust mich lächelnd an: (II). In: Perl 1972, S. 48f.

Mit seiner rätselhaften Traurigkeit. In: Perl 1972, S. 51.

Weil jener ew'ge Stimmungsnebel. In: Perl 1972, S. 50.

Wie in uns vierzehnjährigen Knaben. In: Perl 1972, S. 68-70.

Wer sagte nicht mit sechzehn Jahren. In: Perl 1972, S. 71f.

Du hast der Träume wunderbaren Reiz. In: Perl 1972, S. 53.

Zu ihm über seine Küsse weinen. In: Perl 1972, S. 58.

Wir möchten die Sekunden halten. In: Perl 1972, S. 41.

Als sah ich uns nach dem Theater. In: Perl 1972, S. 61.

Und es geschieht, wenn eine Liebe in uns stirbt. In: Perl 1972, S. 62.

Es schlug fünf Uhr. Die Luft war rein und kühl. In: Perl 1972 (*Der Abschied in Bruck*), S. 74.

Ich zündete ein Licht und blickte auf die Uhr. In: Perl 1972, S. 75.

Du bliebst Dir gleich und Deine fremde Schönheit blieb sich gleich. In: Perl 1972 (*Vergangenes Jahr*), S. 76f.

Sonett (Mit lauen Nächten und mit schwülen Tagen). In: Perl 1972, S. 78 (Datierung unsicher, vermutlich um 1931).

Nachwort

*Die Leute bilden sich immer ein es sei leicht
oder angenehm Künstler zu sein. Irrtum!*

Tagebucheintragung Leopold Andrians

Leopold Reichsfreiherr Ferdinand von Andrian zu Werburg (1875–1951), der sich als Dichter mit dem bürgerlichen Namen Leopold Andrian beschied und von seinen Freunden schlicht Poldi genannt wurde, obwohl er stolz darauf war, altem österreichischen Adel zu entstammen (und seine Zufallsgeburt in Berlin gerne verschwieg), gehört zu den merkwürdigsten Erscheinungen in der an Sondergängern nicht eben armen Literatur des Wiener Fin de siècle. Ein einziges, noch dazu schmales und hernach zum Fragment erklärtes Buch, die Prosadichtung *Der Garten der Erkenntnis* (1895), und einige wenige Gedichte, die Stefan George zwischen 1894 und 1901 in seine elitären *Blätter für die Kunst* aufnahm, allesamt 1893/94 in der Zeit nach der Wiener Matura geschrieben, haben ausgereicht, seinen Namen, wenn auch nicht in den Herzen der Leser, so doch in den Literaturgeschichten lebendig zu erhalten, als den neben seinem Freund und Weggefährten Hugo von Hofmannsthal vielleicht originärsten Vertreter des frühen Symbolismus in Österreich. Der Dichter selbst aber verstummte nach der magischen Blütezeit seiner Jugend, wich aus in die Existenz eines Diplomaten und Politikers und zog sich nach dem als Heimatverlust erlebten Zerfall der Habsburger Monarchie ins Privatleben zurück, aus dem er, von kleineren theoretischen Schriften abgesehen, sich nur noch mit den so ehrgeizigen wie abwegigen Büchern *Die Ständeordnung des Alls* (1930) und *Österreich im Prisma der Idee* (1937) zu Wort meldete, deren katholischer und patriotischer

Konservativismus nur wenig noch an seine modernistischen Anfänge erinnert.

Während Leopold Andrians politisch-theologisches Spätwerk beinahe unbeachtet blieb, scheint die Wirkungskraft der Jugenderzählung *Der Garten der Erkenntnis*, die zu Recht als ein Schlüsselwerk der Wiener Moderne gilt und nun zum wiederholten Male einem neuen Publikum offeriert wird, bis heute ungebrochen. Auch die auf ein Lebensalter gerechnet wenigen, teils nur fragmentarischen Gedichte, die 1913 erstmals in einer kleinen bibliophilen Edition des holländischen Verlags „De Zilverdistel" zusammengetragen wurden und später den Anhang zu den unter dem Titel *Das Fest der Jugend* 1919 und 1948 erschienenen Neuausgaben des *Gartens der Erkenntnis* bildeten, konnten die Zeiten überdauern und blieben den Connaisseuren preziöser neuromantischer Dichtkunst präsent. Darüber hinaus gelang es Andrians verdienstvollem Nachlaßverwalter Walter H. Perl mit seinen Editionen *Leopold Andrian und die Blätter für die Kunst* (1960) und *Frühe Gedichte* (1972), den schmalen bisherigen Lyrikfundus des Dichters um eine ganze Reihe weiterer Gedichte aus dessen Brouillonheften von 1893/94 zu ergänzen. Joëlle Stoupy konnte 1993 mit den *Fragmenten aus „Erwin und Elmire"* auf derselben Basis sogar einen bis dahin unbekannten Gedichtzyklus rekonstruieren, der das Spektrum erneut wesentlich erweiterte und darüber hinaus auch interessante Einblicke in die literarische Werkstatt und die psychischen Befindlichkeiten des jungen Andrian bietet. Die vorliegende Edition kann demgegenüber nicht mit neuen Entdeckungen aufwahrten; ihr Anspruch ist es vielmehr, alle bisher bekanntgewordenen *dichterischen* Arbeiten Leopold Andrians erstmals in einem Band zu vereinigen und so einen Gesamtblick auf die singuläre Blütezeit seines Schaffens zu erlauben.

Das Phänomen der „Frühvollendung", das die Rezeption Leopold Andrians in besonderem Maße geprägt hat, weil ihr, anders als im Fall seines Jugendfreundes Hugo von Hofmannsthal, kein dichterisches Werk der Reife mehr folgte, wird relativiert durch die Kenntnis des Romanzen-Zyklus *Hannibal*, den der gerade mal Dreizehnjährige, unterstützt von seinem „Hofmeister" Oskar Walzel, 1888 in Venedig drucken ließ, um ihn seiner allzeit fernen Mutter, der „Fürstin" des *Gartens der Erkenntnis*, zu Weihnachten zu schenken. Literarisch sind diese epigonalen, dem Klassizismus eines August Graf von Platen nachempfundenen Stanzen ohne sonderlichen Belang; psychologisch verraten sie kaum mehr als ein von Kindheit an bestärktes aristokratisches Geltungsbedürfnis und eine durch elterliche Versagungen gesteigerte Sehnsucht nach Anerkennung. Wenn die historisierenden „Romanzen", bei deren Einschätzung man sich stets das jugendliche Alter des Schreibers zu vergegenwärtigen hat, hier dennoch zum ersten Male wiederveröffentlicht werden, so nicht nur der Vollständigkeit halber, sondern auch deshalb, weil sie jene frühe, von Vorbildern abhängige und sprachlich wie formal noch unsicher tastende Produktionsphase repräsentieren, die bei anderen Dichtern gewöhnlich erst einige Jahre später einsetzt. Was bei objektiver, werkimmanenter Betrachtung als peinlicher Dilettantismus erscheinen mag, stellt sich näherhin als die außerordentliche, durch eine besondere Begabung und eine elitäre, humanistische Erziehung möglich gewordene Leistung eines Kindes dar, das sich schon mit elf Jahren im Kalksburger Jesuitenstift mit ersten Reimereien hervorgetan hatte und diesen kreativen Entwicklungsvorsprung dann bis ans Ende der Adoleszenz wahren konnte, bis hin zu einer dann tatsächlichen, wieder verfrühten „Vollendung". Nur so ist es erklärlich, daß Andrian noch vor seinem zwanzigsten Jahr gleich mit seinen ersten Versen in den *Blättern für die Kunst* und mit seinem Prosabuch *Der Garten der Erkenntnis* als ein gleichsam „fertiger", die sprachlichen und formalen Mittel souverän beherrschender Dichter an die staunend akklamierende Öffentlichkeit treten konnte.

Gleichwohl mußten weitere Faktoren hinzukommen, um jene geradezu eruptive Schaffensphase auszulösen, die im Sommer 1893 mit den erst neuerdings entdeckten Entwürfen zu einem erotischen Gedichtzyklus *Erwin und Elmire* einsetzte und nur wenig später bereits ihr vorzeitiges Ende mit der korrespondierenden Lebensgeschichte des nach Erkenntnis suchenden Fürstensohnes Erwin fand. Gefördert wurde der dichterische Impuls dieser Jahre durch Andrians Begegnung mit dem ähnlich frühbegabten und seelisch gleichgestimmten, aus demselben aristokratischen Milieu stammenden jungen Dichter Hugo von Hofmannsthal, der bereits mit lyrischen Dramen wie *Gestern* (1891), *Der Tod des Tizian* (1892) oder *Der Thor und der Tod* (1893) hervorgetreten war und dem Freund nun den Zugang zu den Kreisen des Jungen Wien eröffnete. Schon zuvor hatte Andrian von sich aus Verbindungen zu den *Blättern für die Kunst* und damit zu Stefan George, dem anderen Protagonisten einer neuen, „symbolistischen" Moderne, geknüpft. Beides ist nicht geringzuschätzen, da sich Andrian hierdurch sehr konkrete Wirkungsmöglichkeiten in der vordersten Reihe der damaligen Avantgarde boten. Entscheidend für den künstlerischen Durchbruch war jedoch, daß in dieser Zeit sich die an entlehnten, historischen Stoffen gewonnene literarästhetische Kompetenz, zusätzlich inspiriert durch die von Hermann Bahr vermittelte Kenntnis des französischen Symbolismus, der Lyrik Verlaines oder Mallarmés und der Versepik Paul Bourgets, mit dem Bewältigungsversuch eines ureigenen existentiellen und erotischen Erlebnisses verband, das den geheimen Fokus dann nicht nur des Zyklus *Erwin und Elmire* und anderer Gedichte, sondern auch noch des *Gartens der Erkenntnis* bildete. Wenngleich die filigrane Schönheit der Andrianschen Verse und Gleichnisse sich auch ohne die Kenntnis dieses Ereignisses erschließt, ist es daher sinnvoll, einige Hinweise zum biographischen Hintergrund zu geben.

Liest man die Tagebücher Leopold Andrians aus seiner Pubertätszeit, so erfährt man von einer einsamen Kindheit, in der schon der Knabe, trotz gebotener gesellschaftlicher Kontakte in den Kreisen des jungen Adels, im wesentlichen auf sich selbst und seine Traumwelt zurückgeworfen war. Die Eltern lebten bei allem äußerlichen Reichtum in einer entfremdeten Beziehung zueinander und waren meist getrennt, je unterwegs auf Reisen oder an den diversen Familienwohnsitzen in Wien, in Altaussee oder Nizza; die Mutter hielt sich zudem in den Wintermonaten oft in Ouchy, Montreux, Venedig oder Paris auf. Der Sohn sah seine Eltern folglich selten und fast nie beide zusammen, so daß er kein nahes, vertrauensvolles Verhältnis zu ihnen aufbauen konnte. Der strenge, autoritär auftretende Vater flößte ihm Furcht ein, die mondäne, dabei verschwendungs- und spielsüchtige Mutter mußte ihm unerreichbar erscheinen. Auch zur fünf Jahre älteren Schwester Gabriele, einem etwas altjüngferlich anmutenden Mädchen, das von den Eltern in eine standesgemäße, aber unglückliche und bald wieder geschiedene Ehe gezwungen wurde, scheint es keine innigere Beziehung gegeben zu haben. Bei solchen familiären Vorzeichen wird der junge Andrian auch die elitäre Erziehung in Kalksburg und durch einen Privatlehrer, so wichtig sie für seine geistige Entwicklung gewesen sein mag, als eine Art von Verstoßung empfunden haben. Im Jesuitenstift muß sein Verlangen nach Freundschaft, Liebe und Verständnis weiterhin enttäuscht und zurückgewiesen worden sein; zugleich wurde ihm hier in krisenhafter Weise seine homosexuelle Neigung bewußt, die er sich zunächst wohl nicht eingestehen wollte und die gerade deshalb sein ganzes weiteres Leben überschatten sollte.

Andrians invertierte Konstitution, die nicht allein von ihm selbst, sondern oft auch von der Forschung tabuisiert und verschwiegen wurde, hatte massive Auswirkungen auf sein Leben wie auf sein Schreiben. Da er es nicht wagen durfte, sich offen zu seiner Veranlagung zu bekennen und ihm keine wirkliche psychologische Hilfe zuteil wurde, förderte sie seinen ohnehin vorhandenen Solipsismus, zeugte sie unbewältigte Schuldgefühle gegenüber den Eltern und den Autoritäten von Kirche und Staat, gegen deren Normen er verstieß, und ließ ihn dauernd in der Furcht vor einer Entdeckung leben, gemildert in späteren Jahren nur durch den Rückzug in die Existenz eines Privatgelehrten und durch zwei Scheinehen. Noch seine Konversion zum Konservativismus läßt sich als ein Versuch werten, den sexuellen Regelverstoß durch affirmatives sonstiges Verhalten auszugleichen. Vor allem aber flüchtete Andrian schon früh in hypochondrische Krankheiten, in Phobien und Neurosen, die schließlich derart überhand nahmen, daß unter ihnen auch seine schöpferische Kraft zerbrach. Wenigstens für kurze Zeit, im wesentlichen in den beiden Jahren nach der Matura, erschien ihm auch die Literatur als ein Ausweg, bot sich ihm hier doch die Möglichkeit, in scheinbarer Fiktion und ästhetischer Überhöhung die eigenen Ängste und Sehnsüchte zu verhandeln und befreiend zu objektivieren, ein therapeuthischer Zug, der besonders den immer wieder neuen Ansätzen und Verwerfungen des Liebeszyklus *Erwin und Elmire* anzumerken ist.

Die biographische Folie und den eigentlichen Schreibanlaß dieses im Juni 1893 begonnenen Zyklus bildete die problematisch Liebe Andrians zu seinem Mitschüler Erwin Slamecka, dem Sohn eines Gymnasialprofessors am Wiener Akademischen Gymnasium, der nach der gemeinsamen Matura als Kadett an die Wiener Militärakademie in der Stiftskaserne ging. Nach einer ersten glücklichen Zeit und einem Liebesgeständnis im Februar 1893 scheint es auch in dieser Beziehung, von der Andrian noch im Dezember des Jahres in einer Traumaufzeichnung schreibt, es könne „nie etwas anderes" auf ihn wirken, zu Entfremdungen und einer ersten schmerzlichen Trennung gekommen zu sein, einem „Abschied in Bruck", der sich sowohl in mehreren Gedichten (*Es schlug fünf Uhr*; *Ich zündete ein Licht*; *Du bliebst Dir gleich*) als auch im *Garten der Erkenntnis* (wo Erwin Slamecka das Vorbild für den Freund Clemens abgibt) gespiegelt findet. Am Ende dürfte es gerade die Wesensverschiedenheit Erwins, dessen natürliche „Naivetät" den dekadenten Ästheten besonders angezogen hatte, gewesen sein, an der das Verhältnis scheiterte. Für Dichtungen hatte der Freund kein wahres Verständnis, und der Leidenschaft Andrians begegnete er offenbar eher zurückhaltend, wie dieser im November in seinem Tagebuch festhielt: „Und ich fange an dieser Liebe müde zu werden, in der ich alles gebe und nichts bekomme, – eine Liebe, in der er meine ganze Existenz erfüllt, dem ich alles opfere – – alles – –, und in der ich ihm gar nichts bin. Er lässt sich halt lieben – – und schliesslich ist man müde bis in den Tod von diesem ewigen Hingeben, das nie gewürdigt wird". Andrian, bei aller „müden" Hilflosigkeit und Traurigkeit, die ihn im voneinander getrennten Sommer 1893 wieder in die Krankheit flüchten ließ, scheint das Ende dieser Liebe dennoch lange nicht akzeptiert zu haben und schrieb mit seinen Gedichten dagegen an. Im Dezember, nach erneuten trostlosen Begegnungen, teilte er Erwin mit: „Meine Gefühle sind gleich geblieben. Und ich gab nach, aus Angst Dich zu verlieren. Und dann der Sommer, der Abschied in Bruck, Deine Briefe, und dann während ich krank war u. Dir das noch schrieb [...] das erste von dir eine Correspondenzkarte, die brutal war wie ein

Schlag". Die ständige Ansprache eines „Du" in den Gedichten ist keiner lyrischen Konvention geschuldet, die Beschwörungen vergangenen Glücks und die Bekenntnisse eigener Verlustängste richten sich vielmehr ganz konkret an den fernen Geliebten Erwin Slamecka.

Wie tabuisiert für Andrian seine Liebe zu dem Freund selbst noch in solcher briefnahen Zwiesprache war, zeigen seine Verhüllungsstrategien, angefangen mit dem Titel, der zwar unverstellt den Namen des Geliebten nennt, zugleich aber ein gleichnamiges Singspiel Goethes zitiert, zu dem es im übrigen keine inhaltlichen Korrespondenzen gibt. Strukturell scheint Andrian sich vielmehr an Paul Bourgets Verserzählung *Edel. Journal d'un artiste* (1878) orientiert zu haben, die in ganz ähnlicher Weise eine unglückliche Liebesgeschichte zwischen einem modernen, „raffinierten" Künstler und seiner unverbildeten, aber auch unverständigen Freundin in den enthusiastisch beschriebenen Dekors von Paris schildert. Mühelos konnte Andrian die Begeisterung Bourgets für die Stadt an der Seine auf sein geliebtes Wien übertragen („Wien, Wien, das unsrer Liebe Stimmung trägt"); die konventionelle Konstellation des Vorbilds dürfte es ihm auch leichter gemacht haben, den Geliebten in einer „Freundin" Elmire zu spiegeln und sich selbst – in einem Akt besonderer Aneignung – als Erwin zu imaginieren. (Nicht nur der Fürstensohn im *Garten der Erkenntnis*, auch noch der „Dichter" in den „Wechselreden" des Spätwerks *Österreich im Prisma der Idee* wird dann diesen eine Zeitlang so geliebten Namen tragen.)

Noch 1923 hielt Andrian in einer Tagebuchnotiz fest, *Erwin und Elmire* sei für ihn „das erste eigent. mit Freude Consequenz u. innerem Antheil Gearbeitete" gewesen. Wenn der Zyklus dennoch Fragment blieb, so sicherlich nicht aus einem künstlerischen Unvermögen. Zwar sind viele der Gedichte unvollkommen und enthalten rhythmische wie stilistische Unebenheiten, doch entschädigt dafür eine Fülle ästhetisch origineller Vers- und Bildfindungen und nicht zuletzt die reizvolle Kombination einer authentischen, Wiener Erlebniswelt mit den Nervenstimmungen eines sensiblen Gefühlsmenschen. Geradezu exemplarisch amalgamiert sich Andrians persönliches Liebeserlebnis hier mit dem Geist des Fin de siècle, der steten Suche nach subtilen, wechselnden Stimmungsreizen, nach jenen „unverbundenen Augenblicksbildern der eiligen Ereignisse auf den Nerven", die Hermann Bahr in seiner *Überwindung des Naturalismus* (1891) programmatisch als letzte „Wahrheit" der „neuen Kunst" postuliert hatte. In seinem Tagebuch notierte Andrian Ende 1893: „Das war wieder gestern ein Tag! Dieser Stimmungswechsel, nein dieses Stimmungsreissen durch alle Farben, alle Töne, seinetwegen, durch ihn, mit ihm." Zugleich aber sollte *Erwin und Elmire* mehr sein als ein Bewahren von flüchtigen Stimmungen und Erlebnissen in edel schillernden Worten und Bildern. Wie Andrian am 10. September 1893, in seinem ersten Brief an Carl August Klein, den Herausgeber der *Blätter für die Kunst*, mitteilte, wollte er einen „Cyclus von Gedichten" schreiben, „welche die Stimmungsbilder eines Liebesverhältnisses geben, das auf realistischer Basis beginnend in vager mystischer Liebe sich ausspinnt". Diese Sublimierung der Leidenschaft durch Mystik, die Andrian erst sehr viel später in gewisser Weise durch die Hinwendung zum Katholizismus gelang, war ihm im Winter 1893/94, in der aktuellen Bedrängnis der Gefühle, offenbar noch nicht möglich, so daß der Zyklus unvollendet blieb und sich nur in Ansätzen zu einer Entwicklungsgeschichte fügt, wie sie dem Dichter vorschwebte. Gleichwohl glaubte Andrian noch Anfang 1894 an eine Veröffentlichung des Zyklus, dem er zuletzt den Titel *Das Buch der Traurigkeit* geben wollte, passend zu jener „grossen, vagen trostlosen Stimmungstraurigkeit", von der auch im Tagebuch in den Gedanken an Erwin immer wieder die Rede ist. Vollendung und Drucklegung aber hätten eine Bereitschaft zum Abschiednehmen vorausgesetzt, die Andrian zu dieser Zeit noch nicht gegeben war.

Die Fragmente zu *Erwin und Elmire* umfassen in unserer Edition annähernd siebzig Gedichte, ein Umfang, der auch dann erstaunlich bleibt, wenn man berücksichtigt, daß es sich teils nur um Varianten handelt und die Zugehörigkeit einzelner Verse zum Zyklus fraglich ist und nur durch die angenommene Chronologie innerhalb der Brouillonhefte vermutet werden kann. (Umgekehrt gehörten einige der sonstigen Gedichte ursprünglich zum Zyklus.) Andrian selbst hat, von den *Hannibal*-Romanen abgesehen, demgegenüber keine zwanzig seiner Gedichte zum Druck zugelassen und auch dies in späterer Zeit, als sie ihm eine überwunden geglaubte Lebensphase repräsentierten, nur widerwillig und auf dringende Bitten hin. Die Lyrik Leopold Andrians, die hier erstmals in ihrer ganzen Breite vorgestellt wird, stand daher jahrzehntelang, als Anhang zum *Fest der Jugend* auch ganz buchstäblich, im Schatten der Prosa aus dem *Garten der Erkenntnis*. Einige Berühmtheit erlangten nur jene Verse, die zwischen Januar 1894 und Mai 1901 in den *Blättern für die Kunst* erschienen und von denen zumindest die frühesten aus dem Zyklus *Erwin und Elmire* hervorgingen; die ersten Gedichte *Sie schwieg und sah mit einem Blick mich an*, *Eine Locke* und *Klage der verfolgten Liebenden* wurden denn auch unter der Überschrift *Aus dem „Buch der Traurigkeit"* veröffentlicht. (Abgelehnt wurden u. a. die Zyklus-Gedichte *Er phantasiert in grauer Pracht*, *Du starrst das Bild, das rätselvolle, an* und *Sahst Du im Spiegel des verträumten Wien*.) Aber auch noch die letzten Gedichte im Mai 1901, rubriziert als *Frühe Verse*, gingen auf die reiche Produktion der Jahre 1893/94 zurück. Als sie erschienen, hatte Andrian sich längst von seinem Jugendwerk distanziert und Abschied von der Dichtung genommen.

Für diese Entfernung von der Literatur sind besonders einige Briefe Andrians an Stefan George aufschlußreich. Zwar hatte sich Andrian nach einem Zerwürfnis wegen eigenmächtiger Änderungen an seinen Gedichten von seinem Freund Hofmannsthal im Spätsommer 1896 noch einmal überreden lassen, Verse an die *Blätter für die Kunst* zu schicken, doch legte er größten Wert darauf, sie als „Verse von 1894" oder „Alte Verse" zu kennzeichnen. Als dies im November 1897 bei dem Sonett *Ich bin ein Königskind* unterblieb, reagierte Andrian sehr erbost und drohte im Juli 1898 sogar mit gerichtlichen Schritten, falls Klein „ein anderes altes Gedicht von mir veröffentlicht". Schon am 13. Januar 1897 hatte er George mitgeteilt, die Gedichte seien „von so lang her, daß sie mir kaum Verse von mir scheinen"; nun seien ihm „ganz andere Dinge wichtig", von der einstigen „Nothwendigkeit des Schreibens" sei er weit entfernt. Georges Wertschätzung der zarten, sinnlichen Verse Andrians blieb davon unberührt; Ende 1899 widmete er ihm sogar das Gedicht *Den Brüdern* im *Teppich des Lebens*. Andrians Antwort darauf, vom 1. März 1900, ist freilich bezeichnend, wenn er bedauert, kein „Antwortsgedicht" schreiben zu können, „weil mir der Drang oder die Gabe, in Worten zu schaffen, insofern ich sie je hatte, verloren gegangen ist". Wohl nicht zufällig erinnert dieses Selbstbekenntnis an Hofmannsthals berühmten „Brief des Lord Chandos" (*Ein Brief*, 1902); bedenkt man, daß dieser Brief für Hofmannsthal selbst keine eigentliche Zäsur bedeutete, im Gegenteil sogar in eine Phase besonderer Produktivität fiel, darf man vermuten, daß sich in der Schreibkrise des Lords, dem „die Fähigkeit abhanden gekommen" ist, „über irgend etwas zusammenhängend zu denken oder zu sprechen", eher das Verstummen des Freundes als eine eigene Erfahrung spiegelt. Hofmannsthals Anteilnahme am Schicksal Andrians wird jedenfalls auch in seinen persönlichen Briefen deutlich, so am 7. Oktober 1897:

„Du hast einmal, wie im Traum, an den höchsten menschlichen Dingen teilgenommen: das ist in Dir, nichts kann es aus Dir wegwischen, wo Du einmal warst dort kannst Du wieder hin, wenn auch der Weg eine zeitlang unter der Erde zu führen scheint. Der Zustand ist nichts unerhörtes, nichts ärgeres als der eines Frommen, der sich der Gnade beraubt meint." Diesen Weg aber hat Andrian nicht mehr finden können und sich die Gnade von anderer Seite erhofft.

Auf Leopold Andrians Lyrik soll hier nicht im einzelnen eingegangen werden. Interessant ist jedoch ein Hinweis zu dem Gedicht *Eine Locke*, in einem undatierten Brief an Hofmannsthal aus dem Winter 1893: „Heute morgen wollte ich ein Gedicht schreiben anknüpfend an eine Locke – halb Psalm und halb ganz anders – und da bleibe ich den ganzen Vormittag im Anschauen und Fühlen dieser Locke sitzen – und träume und arbeite gar nichts." Über die sensuelle, „impressionistische" Aneignung der Wirklichkeit hinaus deutet sich hier eine Gleichsetzung von Leben und Kunst an, die Andrian etwa am 15. Februar 1894 in einem weiteren Brief an den Freund ganz unmittelbar anspricht, verbunden mit für ihn typischen Selbstzweifeln: „Und immer dieselbe stumpfe Verzweiflung an meiner Kunst, d. h. an meinem Leben, weil das für mich identisch ist – d. h. das sogenannte zufällige Leben mir ganz nichtssagend ist." Im Januar 1897 schließlich, im selben Brief an George, in dem er für sich die „Nothwendigkeit des Schreibens" verneint, fragt er den „Meister", „inwiefern Ihre Dichtungen Ihnen für das Leben helfen, Ihnen zur Überwindung des Lebens helfen", was ihm selbst nur „schwer zu verstehen" sei. Zu diesem Zeitpunkt hatte das Schreiben für Andrian seine therapeuthische, die „Not wendende" Funktion eingebüßt, hatte sich für ihn unter der Last seiner Angstphantasmen die Idee, das Leben durch die Kunst heiligen und heilen zu können, als eine Illusion erwiesen.

Zuvor aber war ihm auf dem Höhepunkt seiner Kreativität mit dem *Garten der Erkenntnis* noch jenes epische Kunstwerk gelungen, das durch seine besondere Erlebnistiefe und seinen einzigartigen neuen Klang auf eine ganze Generation einzuwirken vermochte und bis heute am ehesten mit seinem Namen verbunden wird. Obwohl erst am Endpunkt seiner dichterischen Entwicklung entstanden, eröffnet diese in jeder Hinsicht bedeutende Erzählung denn auch unsere Werkausgabe und gibt ihr den Titel.

Leopold Andrian scheint früh geahnt zu haben, daß ihm die Bewältigung seines Erwin-Erlebnisses, die auch ein Abschied von seiner Jugend sein sollte, in der gebundenen Form eines Gedichtzyklus nicht gelingen wollte, sei es, weil sich profan lastende Realien wie die Szenen in Bruck einer lyrischen Transzendierung entzogen, sei es, weil der persönliche, die erotische Begegnung überschreitende Erlebnisgehalt ihm zu komplex schien, um allein in stimmungsvollen Augenblicksbildern festgehalten zu werden. Bereits im Oktober 1893 notierte er sich jedenfalls die Idee zu einem Roman „mit dem Hintergrund von Wien dem Schottengymnasium, dem Schulstaub und dem ganzen Schulmilieu, dem Wien der inneren Stadt, und dazu die Geschichte E[rwin] transformiert ins Weibliche", und schon im November dürfte er erste Entwürfe zu dem Werk festgehalten haben, dem er in anfänglicher Euphorie den Titel *Das Fest der Jugend* geben wollte. Die eigentliche Niederschrift erfolgte dann wohl von Frühjahr bis Herbst 1894 (am 4. April heißt es programmatisch im Tagebuch: „Man müsste den Symbolismus auch auf den Roman ausdehnen"), und im März 1895 erschien *Der Garten der Erkenntnis* im Berliner Verlag von S. Fischer. Hermann Bahr hatte die Erzählung Fischer am 25. Januar als „das beste Werk" angepriesen, „was bisher die europäische Moderne hervorgebracht hat, unsäglich tief und schön".

Für Leopold Andrian war der *Garten der Erkenntnis* nach den Fragmenten zu *Erwin und Elmire* und anderen Gedichten ein weiterer Versuch, jene ihn „beherrschenden Mächte seines Lebens" zu bannen, von denen er noch in seiner betont religiösen *Vorrede zur vierten Auflage* (1919) spricht. So wird in der kurzen Biographie des Fürstensohnes, der vergeblich das Geheimnis des Daseins ergründen will und in vertraulicher, maniriert wirkender Weise stets „*der* Erwin" genannt wird, noch einmal die ganze bisherige Welt des jungen Andrian zum Leben erweckt, von seiner einsamen, elternfernen Kindheit über die Erziehung im Konvikt mit ihren Verheißungen und Anfeindungen oder die gemeinsamen Reisen mit seinem „Hofmeister" bis hin zu den weltlichen Genüssen und Erschütterungen im herrlichen Wien und zur schmerzlichen Liebesbeziehung mit Erwin, gespiegelt in der Freundschaft zu dem Mitschüler Clemens. Noch die späte Krankheit Erwins korrespondiert mit Andrians eigenen, neurasthenischen Krisen, und in seinem erkenntnislosen Tod deutet sich etwas an von jener Resignation, die den Dichter am Ende verstummen ließ, weil er sich von der Literatur keine Erkenntnis mehr erwartete.

Wichtiger als alle äußeren biographischen Übereinstimmungen, bei denen zudem bemerkenswerte Abweichungen auffallen, von Einzelheiten wie dem frühen, mit dem Schluß korrespondierenden Tod des Vaters oder der Ersetzung Merans durch Bozen bis zur grundlegenden Camouflage der sexuellen Verhältnisse, ist die psychologische, durch gleichnishafte Impressionen verdichtete Typisierung der Hauptfigur. Als Gott- und Weltsucher ohne feste Orientierung an einem traditionellen Wertesystem, als zwanghaft selbstbezogener, „narzißtischer" Ästhet, der die ihn umgebende Wirklichkeit nur als ein nervenreizendes Traumspiel erleben kann und zugleich unter seiner Lebensferne leidet, die ihn stets aufs neue nach dem lockenden und drohenden „Anderen" unterwegs sein läßt, erscheint der dekadente Fürstensohn Erwin geradezu als ein Archetypus des Wiener Fin de siècle. Ebenso wie er waren viele Intellektuelle an der Schwelle zum neuen Jahrhundert auf der Suche nach „Leben", „Schönheit" und der eigenen „Seele" und fühlten sich dem Wesen der Dinge doch fern, so wie auch Erwin es weder in der Kirche noch in der großen Welt, weder auf den Almen noch in der Vorstadt, am Ende nicht einmal im Tod zu ergründen vermag. In keiner noch so gegenläufigen Richtung gelingt es ihm, die Gitterstäbe seines Ich zu durchbrechen und ein Du zu erreichen, „seinen Leib an den Leib eines andern Menschen zu pressen, weil in dieser geheimnisvollen Vernichtung des Daseins eine Erkenntnis ist". Die Freundschaften mit Lato, Heinrich Philipp und selbst mit Clemens bleiben in sehnsüchtiger Distanz, flüchtige, von Fremdheit, Abschied und Tod überschattete Begegnungen auf unterschiedlichen Lebenswegen, ähnlich der mit dem schwindsüchtigen Offizier im Zug, und erst recht ist in der Frau, der Schauspielerin, Dirne oder Mutter, keine Offenbarung zu finden. In der geheimnisvollen Gestalt des Fremden erscheint das Du sogar personifiziert als der bedrohliche, todbringende Feind, der den Erwin am Ende auch wirklich erreicht. Mit den Schilderungen solcher Entfremdung, gelindert durch immer wieder beschworene Schönheiten der Welt, korrespondiert der eigentümliche Stil der Erzählung, die bei aller poetischen Beschreibungskunst doch rhetorisch und handlungsarm bleibt, fast ganz ohne szenische Elemente und Dialoge auskommt. Die beinahe einzige Ausnahme ist bezeichnenderweise ein Gespräch mit der Mutter, mit welcher sich der Sohn „schmerzlich, dumpf und grundlos" verknüpft sieht; beide gehen wieder auseinander, ohne erkannt zu haben, mit dem traurig-rätselhaften Wissen: „Wir sind allein, wir und unser Leben, und unsere Seele schafft unser Leben, aber unsere Seele ist nicht in uns allein." An welche Abgründe solche geistige Isolation und das Gefühl der Entfremdung führen können, läßt die bittere Frage ahnen, die Andrian einige Jahre später, am 10. Oktober 1898, an seinen Freund Hofmannsthal richtete: „Hast Du je *ernstlich* drüber nachgedacht, ich meine gespürt, daß an der *ganzen Welt, an Allem nichts* dran sein könnte?" Die hier und im *Garten der Erkenntnis* ausgesprochene Skepsis ist nicht allein individualpsychologisch zu erklären, sie traf den Nerv der Zeit, den keine der zahlreichen um die Jahrhundertwende aufkommenden Weltdeutungen wirklichen beruhigen konnte. Nur im Augenblicksrausch, der sich gedankenlos an der Schönheit der Dinge und Menschen entzündete, schien noch Trost zu liegen.

Abseits aller autobiographischen, dem Normalleser ohnehin unkenntlichen Parallelen konnte Andrians Erzählung vom *Garten der Erkenntnis* durch das intuitive Erfassen des Zeitgeistes tatsächlich, mit den Worten Hofmannsthals in seinem Tagebuch, zu einem „deutschen Narcissusbuch" werden, in dessen „wundervollen Augenblicken" sich „eine ganze Generation [...] im gleichen Symbol" wiederfand. Die Dunkelheiten des Buches, das sich auch bei wiederholter Lektüre nicht in allen Einzelheiten erschließen will, scheinen die kultische Verehrung gleichgestimmter, „eingeweihter" Seelen sogar noch erhöht zu haben. Selbst ein Spätrealist wie Ferdinand von Saar, der den neuen Kunststrebungen mit Vorbehalt begegnete und Andrian am 4. April 1895 eingestand, es sei ihm „nicht gelungen, in den Sinn vollständig einzudringen, ganz herauszufinden, *was* Sie eigentlich in Ihrem Werke haben aussprechen wollen", fühlte sich ergriffen von den „Klängen einer räthselhaften Musik" und bewunderte „die Fülle der Stimmungen und Empfindungen, der Farben und Töne", mit welcher der Dichter die Erkenntniskrise in Schönheit gekleidet hatte.

Von den zahlreichen Rezensionen, in denen sich Bewunderung mit Verwunderung mischte, sei hier nur aus einer Besprechung Felix Saltens ausführlicher zitiert, der das „ganze Büchlein" in der *Wiener Allgemeinen Zeitung* als „erstes Zusammentreffen eines jungen Künstlers mit dem Leben" auffaßte:

„Alles daran deutet in die Ferne, in die Zukunft, nach Etwas, das erst kommen soll. Es ist keine Handlung darin, weil die Phantasie des Jünglings noch durch alle Weiten irrt und den Spuren des Einzelnen zu folgen nicht Fassung genug hat. Und es hat keine folgerichtig und nothwendig entwickelte Psychologie, es ist nur ein staunendes Verweilen bei den wichtigen Augenblicken der Seele darin, weil die Kunst der Übergänge fehlt, die sich dem Reifen erst erschließt. [...] Am meisten durch seine Form beweist Leopold Andrian, daß er ein Künstler ist. Mit solcher Sorgfalt, mit solcher Innigkeit baut nur ein Dichter seine Sätze, wählt und wägt er das Wort und den Rhythmus. Aber so gut ihm auch der Ausdruck für seine Gedanken gelingt, für seine Gestalten kann er keine Plastik und Lebendigkeit aufbringen. Es ist als sähe er selbst sie nicht in deutlichen Umrissen, als wandelten sie vor seinem Blick in einen flimmernden Nebel gehüllt und als fragte er selbst erstaunt nach dem ‚Sinn ihres Lebens', nach dem Wunder ihres Kommens und Gehens. Und da ist er, der junge Künstler, an der Schwelle des Seins mit der großen Sehnsucht in der Seele und der feierlichen Erwartung, da ist er wie ‚der Erwin', der fragt und sinnt und wartet und harrt. Er wandelt und betrachtet das Leben seines Helden, nicht mit der sicher wägenden Ökonomie des Künstlers, der etwas *zeigen* will, sondern mit den unstet wandernden Augen des Suchenden. Und so ist sein Buch kein Kunstwerk geworden, es besteht aus Theilen, die wohl zu einem solchen werden könnten. Er berichtet vom Vater des Helden, und warum seine Frau ihn geliebt, und es ist nur ganz verborgen und lose eine

Beziehung zu Erwin in dieser Begebenheit und jedesfalls eine zu geringe für den Raum, den er ihr gewährt und für die Stelle, die er ihr anweist. Und dann kommt ein fremder Mann vor, vor dem Erwin sich einmal fürchtet, aber es geschieht nichts weiter. Dieser Fremde nimmt mehrere Seiten der kurzen Geschichte ein, und wenn man seine Wichtigkeit für die Erzählung untersucht, findet man, daß er symbolisch gemeint sein kann, und daß ihm mehrfache Bedeutungen zugeschrieben werden können, aber auch keine einzige, die den starken Druck, den er auf die Erzählung übt, rechtfertigt. Aber wo Andrian von den Menschen weg zur Tausendfältigkeit der Dinge sich wendet, zeigt er das offene, sehnsüchtig forschende Auge des Jünglings, der das Leben anblickt. Und wie allen Künstlern vor ihm in diesen Frühlingstagen ihres Werdens, gewinnt das Leblose für ihn Leben. Die Pappeln am Wege, die Steinportale der Häuser, die Brunnen und Monumente der Stadt, die Blüthen des Praters. Alles gibt ihnen Schönheit, Schönheit und wieder Schönheit. Und so gleicht er, wie er dem Leben entgegentritt, ehe er den wirklichen Kampf mit ihm aufnimmt, seinen Rittern, die ‚mit gesenkten Lanzen und geöffnetem Visir, fast des Kampfes vergessen, weil sie einander anschauen'."

„Ein unmusischer Mensch weiß mit solch einem Kunstwerk gar nichts anzufangen", soll Stefan George 1905 im Gespräch geäußert haben, zutreffend eine noch heute gültige Rezeptionsschranke benennend; George schätzte den *Garten der Erkenntnis* so sehr, daß er, ästhetisch unzufrieden mit der Fischer-Ausgabe, eine kunstvolle Abschrift der Erzählung anfertigen ließ und sie 1904 sogar mit Albert und Kitty Verwey ins Holländische übertrug. Offenbar berührte Andrians Prosadichtung in ihm, trotz menschlicher Vorbehalte, eine gleichgestimmte Saite, deren Nachklang dann auch in dem Vierzeiler *Bozen: Erwins Schatten* aus dem *Siebenten Ring* (1907) zu vernehmen ist:

Stimmen hin durch die duftige nacht verschwommen
Der mauern zitterglanz wie der natur
Entzücktes beben: sind sie nur entnommen
Mein Erwin deiner zarten Spur?

Dem Verständnis am nächsten aber kam wohl der Freund Hugo von Hofmannsthal, der das „kleine Buch" nach eigenem Zeugnis (Brief an Andrian vom 24. August 1913) „fast in jedem Jahr einmal" wiederlas; eine frühe Kritik für die *Frankfurter Zeitung* wurde zwar von der Redaktion abgelehnt und gilt als verschollen, doch entschädigen hierfür Deutungen, die Hofmannsthal noch 1918 in seinem Aufsatz *Zur Krisis des Burgtheaters* in der *Österreichischen Rundschau* gab:

„Es ist ein kurzer, traumartiger Lebenslauf, sehr schlicht erzählt, mit Nennung österreichischer Ortschaften, Erwähnung ganz alltäglicher Dinge. Aber durch Zusammendrängung und Unbestimmtheit entsteht der Charakter des Märchenartigen und dies Besondere ist nicht durch kalte Absicht erzeugt, sondern wie unbewußt, durch die eigene Ergriffenheit. Eine Hervorbringung dieser Art hat etwas durchaus Außerordentliches, Einmaliges. Auch literarhistorisch steht dieses Stück Prosa ganz einsam. Inmitten einer Generation, für die es kein anderes Objekt gab als die Außenwelt, wendet sich hier ein unabhängiger, zarter und doch strenger Geist gegen das Innere, sucht das Hohe, Unnahbare mit dem Vertrauten zu verbinden. Das Suchende, Angstvolle der Jugend ist das Element des Buches und doch auch mehr, eine Anahnung des Höheren, Hinnahme des Schicksals, ein der Frömmigkeit Verwandtes, schwer Auszusprechendes. Wer ein Ding dieses Ranges gemacht hat und dann keine Zeile weiter, muß eine Art haben, sich selbst zu behandeln, die nicht alltäglich ist."

Das „Außerordentliche, Einmalige", das Hofmannsthal an der aus Wirklichkeit und Traum gewebten Dichtung Andrians rühmte, hat sich in seinem eigenen Werk unmittelbar ausgewirkt im fast gleichzeitig entstandenen *Märchen der 672. Nacht* (1895) und im *Andreas*-Fragment (ab 1907), aber die mit dem *Garten der Erkenntnis* begonnene Traditionslinie einer spezifisch österreichischen Moderne blieb nicht auf das Milieu der Wiener Décadence beschränkt, aus dem etwa noch Richard Beer-Hofmanns *Der Tod Georgs* (1900) zu nennen wäre, sondern läßt sich weiterverfolgen über die Dichtungen des frühen Rilke oder Robert Musils *Verwirrungen des Zöglings Törleß* (1906) bis hin zu den heutigen Introspektionen eines Peter Handke. 1895 erschienen, ist *Der Garten der Erkenntnis* eine der ersten deutschsprachigen Erzählungen, die beinahe ganz auf eine kausal gerichtete äußere Handlung verzichtet und das Augenmerk statt dessen „gegen das Innere" wendet, dorthin, wo die Wirklichkeiten nur noch im Reflex subjektiver, „narzißtischer" Stimmungen, Vorstellungen und Gedanken wahrnehmbar sind und als Seelenlandschaften ihre selbständige Bedeutung außerhalb des Ich einbüßen. Kein auktorialer Erzähler vermittelt mehr souverän zwischen der Außen- und der Innenwelt, zwischen den Dingen und den durch sie ausgelösten Empfindungen; die sonst oft nur behauptete Identitäts- und Erkenntniskrise ergreift vielmehr das Erzählen selbst und setzt den Leser derselben Verunsicherung aus, die den Fürstensohn Erwin sich im „Garten der Erkenntnis" verirren läßt. Bei allem heute befremdenden Pathos der poetischen Rede, den „erwählten" Wort- und Bildfindungen, und trotz aller historischen Distanz zu den morbiden Kulissen des alten Österreich und den verstaubten lebensphilosophischen Ideen des Fin de siècle erweist die Erzählung in dieser Subjektivierung eine Modernität, die auf empfängliche Geister noch immer zu wirken vermag.

Daß Leopold Andrian nach diesem wichtigen Schritt auf dem Weg der künstlerischen Moderne nicht nur Abschied von seiner Jugend und ihren Festen, sondern auch von der Literatur nahm, die ihm bei der „Überwindung des Lebens" nicht hatte helfen können, muß man bedauern. Vielleicht aber war gerade die Konsequenz, mit der er in eben dem Augenblick zu schreiben aufhörte, als er nach seiner Überzeugung nichts mehr zu sagen hatte, seine überhaupt größte Leistung. Und er durfte diesen Entschluß wagen, weil er bereits mit dem *Garten der Erkenntnis* und mit vielen seiner Gedichte, die nun wieder zu neuen Lesern sprechen, ein Werk geschaffen hatte, das unvergänglich bleiben wird, gerade weil es die Vergänglichkeit allen Seins betrauert.

August 2002 *Dieter Sudhoff*

Zeittafel

1875 Leopold (Poldi) Reichsfreiherr (Baron) Ferdinand von Andrian zu Werburg wird am 9. Mai in Berlin als Sohn des Wiener Anthropologen und Geologen Ferdinand Reichsfreiherr Leopold von Andrian zu Werburg (1835–1914) und dessen Frau Caecilie geb. Meyerbeer (1836–1931), einer Tochter des deutschjüdischen Komponisten Giacomo Meyerbeer (1791–1864), geboren. Andrians Schwester ist Gabriele (Gabschi) Freiin von Andrian zu Werburg (1870–1953), später Gräfin von Wartensleben.

1885 Andrian besucht bis 1887 in Kalksburg bei Wien das Jesuitenstift „Collegium Immaculatae Virgini", die bevorzugte Unterrichtsanstalt des österreichischen Adels.

1888 Der Germanist und Literarhistoriker Oskar F. Walzel (1864–1944) wird Andrians Erzieher und Begleiter. Mit ihm lebt Andrian abwechselnd in den Familienvillen in Altaussee (Sommer) und Nizza (Winter), in Venedig, Bozen und in Meran, wo er als externer Schüler in die dritte Klasse des k. u. k. Gymnasiums eintritt. Im Herbst Privatdruck des „Romanzen-Cyclus" *Hannibal* in Venedig (Ferrari, Kirchmayr & Scozzi).

1890 Andrian lebt bis 1895 als Untermieter bei seinem Hauslehrer Oskar Walzel in der Habsburgergasse 5 in Wien und besucht das k. u. k. Klostergymnasium der Schottenpriester. Zu den befreundeten Mitschülern gehört der spätere Maler Hans Schlesinger (1875–1932), der Bruder von Gerty Schlesinger (1880–1959), die im Juni 1901 Hugo von Hofmannsthal heiratet. Andrians Schwester Gabriele heiratet Konrad Graf von Wartensleben; die

Ehe wird früh geschieden, der 1891 geborene Sohn Wilhelm stirbt 1911 an den Folgen eines Unfalls.

1893 Intime Freundschaft mit dem Klassenkameraden und späteren Kadetten der Wiener Militärakademie Erwin Slamecka, dem Andrian im Februar seine Gefühle gesteht. Im Juni Beginn der Arbeit am Gedichtzyklus *Erwin und Elmire*. Im Juli besteht Andrian am Schottengymnasium die Matura. In Altaussee Freundschaft mit den Brüdern Clemens (1875–1942) und Georg (1878–1953) Freiherren von Franckenstein. Im September schickt Andrian Gedichte an Carl August Klein (1867–1952), den Mitarbeiter Stefan Georges und offiziellen Herausgeber der *Blätter für die Kunst* von 1892 bis 1919. Mitte Oktober beginnt Andrian an der Universität Wien das Studium der Rechts- und Staatswissenschaften. Ende Oktober lernt er bei Walzel Hugo von Hofmannsthal (1874–1929) kennen. Beginn einer lebenslangen Freundschaft. Im November erste Entwürfe zu einer Erzählung *Das Fest der Jugend* (späterer Titel *Der Garten der Erkenntnis*).

1894 Ab Januar erscheinen in den *Blättern für die Kunst* Gedichte Andrians. Am 10. Februar, vor einer Reise an die Riviera, kommt es im Café Luitpold in München im Beisein von Ludwig Klages (1872–1956) zu einer ersten Begegnung mit Stefan George (1868–1933). Kontakte zu Hermann Bahr (1863–1934), Richard Beer-Hofmann (1866–1945), Alfred Schuler (1865–1923), Edgar (1872–1905) und Hannibal (1874–1940) Karg von Bebenburg. Von Frühjahr bis Herbst in Nizza, Wien und Altaussee Arbeit an der Erzählung *Das Fest der Jugend*. Zwischen dem 27. und 30. Juni letzte Begegnung mit Stefan George in Wien. Von Ende September bis November Reise nach Battaglia, Padua, Venedig, Ravenna und Florenz.

1895 Im Januar Lesung aus dem *Garten der Erkenntnis* vor Bahr, Hofmannsthal und Georg von Franckenstein. Am 23. März erscheint *Der Garten der Erkenntnis* durch Vermittlung Hermann Bahrs bei S. Fischer in Berlin; der verlegerische Erfolg ist so groß, daß Fischer auf eine vereinbarte Kostengarantie verzichtet. Noch im März Plan zu einer Erzählung *Der Königssohn*. Kontakte mit Arthur Schnitzler (1862–1931) und Felix Salten (1869– 1945). Am 8. Juli legt Andrian in Wien die erste juristische Staatsprüfung ab. Im August Plan zu einer Erzählung *Der König, die Marschallin und der Geiger*. Im November Beginn der Freundschaft mit dem böhmischen Schriftsteller Robert Michel (1876–1957), der in späteren Jahren zeitweise auch als Sekretär für Andrian arbeitet.

1896 Von Januar bis Anfang März Aufenthalt in Nizza. Ende März in Berlin bei den Vettern Gustav (1869–1943) und Raoul (1871–1912) Richter; Fragen der Teilung des Nachlasses von Giacomo Meyerbeer. Nervenkrisen. Im Herbst in Ouchy.

1897 Im Juli legt Andrian in Wien die zweite juristische Staatsprüfung ab. Schwere hypochondrische Nervenanfälle. Konsultationen bei Hermann Freiherr von Widerhofer (1832–1901), dem Leibarzt der kaiserlichen Familie, aber auch bei Arthur Schnitzler und anderen Ärzten. September/Oktober Kaltwasserkur im Sanatorium Frey in Baden-Baden. November/Dezember Aufenthalt in Genua und Nizza.

1898 Am 8. Juli besteht Andrian in Wien die dritte und letzte juristische Staatsprüfung. Im Oktober wird er zum Freiwilligenjahr nach Steinamanger (Szombathely) in Ungarn eingezogen, bereits im Dezember aber aus gesundheitlichen Gründen nach Italien (Venedig) beurlaubt. Einleitung eines erfolgreichen Superarbitrierungsverfahrens.

1899 Im Januar und Februar (zeitweise mit Robert Michel) in Florenz. Schwere Depressionen. Im Juli Promotion zum Doktor beider Rechte. Eintritt in den diplomatischen Dienst (tätig bis 1918).

1900 Besuch der diplomatischen Akademie in Wien.

1901 Als Attaché an der österreichisch-ungarischen Gesandtschaft in Athen. Im August in Wien.

1902 Bis Mitte des Jahres in Athen. Im Sommer Reise nach Neapel, Ischia, Orvieto, Florenz, Brescia, dann über Bozen und Innsbruck nach Wien. Besuch des Ehepaars Hofmannsthal in Rodaun. Ab September an der österreichisch-ungarischen Gesandtschaft in Petropolis bei Rio de Janeiro.

1904 In Abwesenheit des Gesandten Geschäftsträger in Petropolis. Wissenschaftliche Studien.

1905 Im Februar Reise nach Argentinien, Buenos Aires. Im August Besuch bei Hofmannsthal in Rodaun. September bis Dezember in Altaussee.

1906 Als Attaché an der österreichisch-ungarischen Gesandtschaft in St. Petersburg.

1907 Ab Februar an den österreichisch-ungarischen Gesandtschaften in Kiew und Bukarest.

1908 Im Juni Verleihung des Ordens der Eisernen Krone III. Klasse. Ab Juli interimistischer Geschäftsträger an der österreichisch-ungarischen Gesandtschaft in Athen. Im Oktober in Wien.

1909   Ab Mai Legationsrat in Bukarest und Sinaia. Neurasthenische Anfälle. Im November deshalb in Wien; Wiedersehen mit Schnitzler und Beer-Hofmann.

1910   Privater Hundertdruck des *Gartens der Erkenntnis* im Auftrag Alfred Walter von Heymels (1878–1914) in Leipzig (Officina Drugulin). Aufenthalte in Wien und Venedig.

1911   Von Februar 1911 bis August 1914 Generalkonsul in Warschau.

1912   Im Juni Tod des Jugendfreundes Erwin Slamecka.

1913   *Der Garten der Erkenntnis* und *Gedichte* erscheinen als Privatdrucke in 125 und 150 Exemplaren im Auftrag des bibliophilen Verlags „De Zilverdistel" (Den Haag) in Haarlem.

1914   Am 10. April Tod des Vaters in Nizza. Mitwirkung an Hofmannsthals *Österreichischer Bibliothek* im Leipziger Insel-Verlag (26 Bde., 1915-17). Von August 1914 bis Januar 1915 ist Andrian im k. u. k. Ministerium des Äußeren mit der Formulierung der österreichisch-ungarischen Kriegsziele betraut.

1915   Von Februar bis Dezember Vertreter des k. u. k. Ministeriums des Äußeren beim Armee-Etappen-Oberkommando in Krakau, begleitet von Robert Michel. Ende Mai/Anfang Juni Begegnung mit Hofmannsthal in Krakau. Von Dezember 1915 bis Januar 1917 Delegierter des Ministeriums beim deutschen General-Gouvernement in Warschau.

1916   Ende Juni/Anfang Juli unternimmt Hofmannsthal auf Betreiben Andrians eine Vortragsreise nach Warschau, wo er am 7. Juli über *Österreich im Spiegel seiner Dichtung* spricht.

1917 Anfang des Jahres Rückkehr nach Wien. Referent für die polnischen Angelegenheiten im k. u. k. Ministerium des Äußeren.

1918 Im Februar bevollmächtigter Minister für Polen. Teilnahme an den Friedensverhandlungen in Brest-Litowsk. Am 18. Juli auf Betreiben Hofmannsthals Berufung zum Generalintendanten der beiden k. u. k. Hoftheater in Wien; Assistent ist Robert Michel, Dramaturg des Burgtheaters wird Hermann Bahr. Besprechungen mit Hugo von Hofmannsthal und Max Reinhardt (1873–1943) über die Gründung der Salzburger Festspiele. Im September zum Geheimen Rat ernannt. Mitte November, nach dem Zusammenbruch der Doppelmonarchie, Rücktrittsgesuch als Generalintendant. In Wolf Przygodes Sammelwerk *Die Dichtung* erscheinen Jugendgedichte.

1919 Andrian zieht sich ins Privatleben zurück und lebt abwechselnd in Altaussee, Wien, Nizza, Fribourg/Schweiz und Schaan/Liechtenstein. Zahlreiche Reisen. Als habsburgischer Legitimist nimmt Andrian die Staatsbürgerschaft von Liechtenstein an, der letzten noch von Habsburgern regierten Monarchie. Hinwendung zu religiösen Themen und zur katholischen Kirche. Der S. Fischer Verlag gibt den *Garten der Erkenntnis* mit einigen Gedichten unter dem Titel *Das Fest der Jugend. Des Gartens der Erkenntnis erster Teil und die Jugendgedichte* neu heraus. Alle Versuche einer Fortsetzung (*Das Fest des Lebens*) scheitern. Im Herbst durch Vermittlung Hofmannsthals politische Artikel fürs *Berliner Tageblatt* (*Die politische Zukunft Vorarlbergs*, 2. September; *Die Wurzeln des Weltkrieges: Das Mißlingen des Aehrenthalschen Bündnisplans*, 5. Oktober; *Die Wurzeln des Weltkrieges: Die ersten Symptome und die Gründe der antiösterreichischen Politik Iswolskis*, 26. Oktober); eine beabsichtigte ständige Mitarbeiterschaft kommt jedoch nicht zustande.

1920 Im Sommer Begegnungen mit Richard Beer-Hofmann in Altaussee.

1921 In der *Österreichischen Rundschau* erscheint in zwei Teilen der Aufsatz *Das erniedrigte und erhöhte Polen*. Ende des Jahres sieht Andrian sich durch die Inflation gezwungen, in den folgenden Monaten Mobiliar und Kunstgegenstände aus der gepachteten Familienvilla Mendiguren in Nizza zu veräußern; der Versuch, auch die wertvolle Bibliothek des Vaters zu verkaufen, mißlingt.

1922 In Paris lernt Andrian im März den Komponisten Darius Milhaud (1892–1974) kennen. Kontakte zum Verleger Kurt Wolff (1887–1963) wegen der deutschen Übersetzung von Guy de Maupassants Novellensammlung *Miss Harriet* (erschienen 1923). Im *Hochland* erscheint im November der Aufsatz *Das Große Salzburger Welttheater*.

1923 Im Januar in Berlin; Fragen der Teilung des durch die Inflation verringerten Meyerbeerschen Vermögens. Im Februar in Paris. Im Frühjahr erster Plan zu einer Erzählung für die seit 1922 von Hofmannsthal im Verlag der Bremer Presse herausgegebenen *Neuen Deutschen Beiträge*. Am 6. November in Berchtesgaden Scheinheirat mit der Französin Andrée Bourrée (1869–1946), verwitwete Baronin Wimpffen. Beginn einer leidenschaftlichen Beziehung mit einem (unbekannten) jungen Mann („Sepp").

1924 Vorarbeiten zu einer nicht realisierten Erzählung *Eros und Gnade*. Im Februar erscheint zu Hofmannsthals 50. Geburtstag in der Festschrift *Eranos* (München: Bremer Presse) das Sonett *Dem Dichter Österreichs*. Jakob Wassermann (1873–1934) erwirbt die Villa Andrian in Altaussee; Andrian wohnt bei seinen Aufenthalten in Altaussee künftig in dem kleinen, im Ort gelegenen Helmhaus.

1925 Philosophisch-theologische Studien.

1926 Im Frühjahr in Baden bei Wien. Weiterarbeit an dem theologischen Werk *Die Ständeordnung des Alls*, vorläufig abgeschlossen im Oktober.

1927 Im August erscheinen unter dem Titel *Die metaphysische Ständeordnung des Alls. Rationale Grundlagen eines christlichen Weltbilds* im letzten Heft der *Neuen Deutschen Beiträge* die ersten Kapitel der *Ständeordnung des Alls*.

1928 Überarbeitung der *Ständeordnung des Alls*. Eine im Verlag von Willy Wiegand (1884–1961), der Bremer Presse, geplante Veröffentlichung kommt nicht zustande. Arbeit an einem umfangreichen, nicht zur Veröffentlichung bestimmten philosophisch-religiösen und psychologischen Werk *De anima et vita Cypriani Morandini*. Am 28. Oktober, 4. und 8. November erscheinen in der *Neuen Freien Presse* anläßlich des zehnjährigen Jubiläums Erinnerungen an *Meine Tätigkeit als Generalintendant der Wiener Hofoper*.

1929 Am 15. Juli stirbt in Rodaun der Freund Hugo von Hofmannsthal.

1930 Bei Kösel & Pustet in München erscheint, mit einem Vorwort des befreundeten Benediktinerpaters Daniel Feuling (1882–1947), *Die Ständeordnung des Alls. Rationales Weltbild eines katholischen Dichters*. Freundschaft mit dem französischen Literaturkritiker Charles Du Bos (1882–1939). Engere Kontakte mit dem Historiker Josef Redlich (1869–1936).

1931 Am 15. März Tod der Mutter in Salzburg.

1932 Mitglied des „Verbandes katholischer deutscher Schriftsteller". Kontakt mit dem französischen Schriftsteller und Theologen Jacques Maritain (1882–1973). Versuch einer Weiterführung des *Gartens der Erkenntnis* mit dem Titel *Gabriels Lauf zum Ideal* (späterer Alternativtitel *Die Glocken des Alters*).

1933 Mitglied der „Österreichischen Vaterländischen Front". Im Mai/Juni erscheint im Wiener *Vaterland* der Aufsatz *Die Sprache des Österreichers*. Im selben Jahrgang folgt ein Aufsatz über *Hofmannsthal und die österreichische Jugend*.

1934 Erste Kontakte mit dem Grazer Verleger Filip Schmidt-Dengler (1904–1971). Am 16. September Adoption des jungen Grafen Hugo Belcredi. Andrian wird Mitglied des „Schutzverbandes deutscher Schriftsteller in Österreich".

1935 Nach dem Tod Jakob Wassermanns (1934) erwirbt Andrian bei einer Versteigerung Villa und Garten in Altaussee zurück.

1936 In der von Herbert Steiner (1892–1966) herausgegebenen Zeitschrift *Corona* erscheint *Über den Humanismus. Aus den „Gesprächen dreier Abende"*, ein Vorabdruck aus *Österreich im Prisma der Idee*.

1937 Im Grazer Verlag Schmidt-Dengler erscheint anfangs des Jahres das kulturphilosophische Werk *Österreich im Prisma der Idee. Katechismus der Führenden*, das „Hugo von Hofmannsthal in unvergänglicher Freundschaft gewidmet" ist. Am 31. Juli Festrede anläßlich einer Tagung der ständestaatlich-katholischen „Österreichischen Akademie" in Salzburg.

1938 Im Österreichischen National-Kulturverlag der Österreichischen Katholischen Liga in Wien erscheint unter dem

Titel *Die Grundlehren des österreichischen Glaubens. Kleiner Katechismus für Patrioten* ein Teilnachdruck aus *Österreich im Prisma der Idee.*

1939 Im *Schweizerischen Tagblatt* erscheinen die politischen Artikel *Polen, Rußland und die Ukraine* (6. November), *Kriegslasten und Finanzsorgen* (7. November) und *Deutsche und Russen im polnischen Empfinden* (10./11. November). Andrian emigriert von Liechtenstein über Frankreich und Portugal nach Brasilien (Petropolis bei Rio de Janeiro); seine Frau bleibt in Europa und lebt in Nizza.

1946 Im Frühjahr Rückkehr aus dem Exil nach Nizza. Ende März stirbt dort Andrians Frau Andrée.

1948 Im Verlag Schmidt-Dengler erscheint, als *Das Fest der Jugend*, die letzte Ausgabe des *Gartens der Erkenntnis* zu Lebzeiten, mit Jugendgedichten und dem Sonett *Dem Dichter Österreichs.*

1949 In Helmut A. Fiechtners Gedenkbuch *Hugo von Hofmannsthal. Die Gestalt des Dichters im Spiegel der Freunde* (Wien: Humboldt) veröffentlicht Andrian *Erinnerungen an meinen Freund.* Im September Heirat mit der verwitweten Schottin Margaret Ramsay, der Schwägerin des rhodesischen Premierministers Sir Godfrey Higgins.

1951 Im Spätsommer Reise nach Rhodesien und in die Südafrikanische Union. In Wijnberg bei Kapstadt Begegnung mit dem niederländischen Dichter Jan Greshoff (1888–1971). Leopold von Andrian stirbt am 19. November in Fribourg. Beisetzung in der Familiengruft in Altaussee.

* * *

1960 *Leopold Andrian und die Blätter für die Kunst.* Herausgegeben und eingeleitet von Walter H. Perl. Hamburg (Hauswedell).

1964 *Der Garten der Erkenntnis.* Sonderdruck für die Freunde des Insel-Verlages zum Jahreswechsel 1964/65. Nachwort von Walter H. Perl. Frankfurt/M. (Insel-Verlag).

1968 Hugo von Hofmannsthal / Leopold von Andrian: *Briefwechsel.* Herausgegeben von Walter H. Perl. Frankfurt/M. (S. Fischer).

1970 *Der Garten der Erkenntnis.* Mit Dokumenten und zeitgenössischen Stimmen herausgegeben von Walter H. Perl. Frankfurt/M. (S. Fischer).

1972 *Frühe Gedichte.* Herausgegeben von Walter H. Perl. Hamburg (Hauswedell).

1989 *Correspondenzen. Briefe an Leopold von Andrian 1894–1950.* Herausgegeben von Ferruccio Delle Cave. Marbach am Neckar (Deutsche Schillergesellschaft).

1990 *Der Garten der Erkenntnis.* Mit einem Nachwort von Iris Paetzke. Zürich (Manesse).

1993 *Fragmente aus „Erwin und Elmire".* Herausgegeben, eingeleitet und kommentiert von Joëlle Stoupy. Amsterdam (Castrum Peregrini Presse).

2003 *Der Garten der Erkenntnis und andere Dichtungen.* Mit einem Nachwort herausgegeben von Dieter Sudhoff. Oldenburg (Igel-Verlag).

2003 *Leopold von Andrian (1875–1951). Korrespondenzen, Notizen, Essays, Berichte.* Herausgegeben von Ursula Prutsch und Klaus Zeyringer. Wien (Böhlau).

Literatur

Bahr, Hermann: *Der Garten der Erkenntnis*. In: *Die Zeit* (16. 3. 1895), Nr. 24, S. 171f.

Baumann, Gerhart: *Leopold Andrian: Das Fest der Jugend*. In: *Germanisch-Romanische Monatsschrift* 6 (1956), S. 145-163.

Ders.: *Vereinigungen. Versuche zu neuerer Dichtung*. München 1972, S. 1-35.

Benseew, Chanan: *Leopold von Andrian*. In: *Bulletin für die Mitglieder der Gesellschaft der Freunde des Leo Baeck Instituts* (1960), Nr. 10, S. 123-129.

Bertram, Ernst: *Über den Wiener Roman*. In: *Mitteilungen der literarhistorischen Gesellschaft Bonn* 4 (1909), Nr. 1/2, S. 10f.

Claudon, Francis: *Andrian et Hofmannsthal. Der Garten der Erkenntnis*. In: *Sud. Hugo von Hofmannsthal 1874-1929. Textes, études, témoignages* (1991), S. 135-144.

Delle Cave, Ferruccio: *Vorwort, Lebenschronik, Anhang*. In: *Correspondenzen. Briefe an Leopold von Andrian 1894-1950*. Herausgegeben von Ferruccio Delle Cave. Marbach am Neckar 1989, S. 5-10, 109-163.

Du Bos, Charles: *Leopold von Andrian*. In: *Der christliche Ständestaat* 3 (1936), Nr. 51/52, S. 1224-1227.

Ders.: *Léopold Andrian*. In: *Approximations*. Cinquème Sèrie. Paris 1948, S. 143-171.

Fischer, Jens Malte: *Fin de Siècle. Kommentar zu einer Epoche*. München 1978, S. 144-157.

Flake, Otto: *Gelingt die Synthese?* In: *Die Neue Rundschau* 42 (1931), S. 405-419.

Fuchs, Fritz: *Leopold Andrian*. In: *Hochland* 18 (1920), S. 375.

Gold, Alfred: *Aus Andrians Dichterzeit. Wiener Erinnerungen*. In: *Berliner Tageblatt* (30. 7. 1918), Nr. 384.

Gregori, Ferdinand: *Lyrik des Jahres II*. In: *Das literarische Echo* 23 (1920/21), Sp. 461-467.

Greve, Ludwig / Volke, Werner (Katalog): *Jugend in Wien. Literatur um 1900*. Marbach am Neckar 1974, ²1987, S. 154-163.

Haas, Willy: *Wien 1895: Die Wendung zur neuen Epik*. In: *Fundamente* 8 (1959), S. 31-40.

Hamecher, Peter: *Leopold Andrian*. In: *Blätter des Deutschen Theaters* 8 (1921/22), Nr. 14, S. 110-112.

Inderwisch, Karin C.: *Augen-Blicke bei Richard Beer-Hofmann*. Oldenburg 1998, S. 78-117.

Kalkschmidt, Eugen: *Rationales Weltbild eines katholischen Dichters*. In: *Hochland* 29 (1931/32), S. 183-186.

Klieneberger, H[ans] R[obert]: *Hofmannsthal und Leopold Andrian*. In: *The Modern Language Review* 80 (1985), Nr. 3, S. 619-636.

Ligtvoet, Frank / Stapert-Eggen, Marijke: *Albert Verwey en Leopold Andrian: Een Documentatie*. In: *Festschrift Margarethe H. Schenkeveld*. Amsterdam 1989, S. 86-98.

Merian, Hans: *Roman und Novellen*. In: *Die Gesellschaft* 11 (1895), S. 1131-1157.

Mertens, Heinz: *Unheldenhafte und heldenhafte Menschen bei den Wiener Dichtern um 1900*. Bonn 1929, S. 125-130.

Moeller van den Bruck, Arthur: *Das Junge Wien*. Berlin, Leipzig 1902, S. 23f.

Mueller, Karl Johann: *Das Dekadenzproblem in der Österreichischen Literatur um die Jahrhundertwende, dargelegt an Texten von Hermann Bahr, Richard Schaukal, Hugo von Hofmannsthal und Leopold von Andrian*. Stuttgart 1977.

Napoli-Rovagnati, Gabriella: *Leopold von Andrian. Poeta dimenticato del fine secolo viennese*. Milano 1985.

Paetzke, Iris: *Nachwort*. In: Leopold Andrian: *Der Garten der Erkenntnis*. Mit einem Nachwort von Iris Paetzke. Zürich 1990, S. 61-68.

P[ap], J[ulius]: *Leopold Andrian, „Der Garten der Erkenntnis"*. In: *Neue Revue* 6 (27. 3. 1895), Nr. 13, S. 411f.

Perl, Walter H.: *Leopold von Andrian, ein vergessener Dichter des Symbolismus, Freund Georges und Hofmannsthals.* In: *Philobiblon* 2 (1958), Nr. 4, S. 303-309.

Ders.: *Einführung.* In: *Leopold Andrian und die Blätter für die Kunst.* Herausgegeben und eingeleitet von Walter H. Perl. Hamburg 1960, S. 7-20 (Anmerkungen S. 127-136).

Ders.: *Hofmannsthal und Andrian. Spiegelung einer Freundschaft.* In: *Die Neue Rundschau* 73 (1962), Nr. 4, S. 505-529.

Ders.: *Schnitzler, Hofmannsthal und Andrian in Jung-Wien.* In: *Journal of the LASRA* 5 (1966), Nr. 3, S. 22-26.

Ders.: *Visionen der Jugend. Leopold Andrian und der literarische Symbolismus.* In: *Frankfurter Allgemeine Zeitung* (15. 11. 1966), S. 28.

Ders.: *Vorwort.* In: Hugo von Hofmannsthal / Leopold von Andrian: *Briefwechsel.* Frankfurt/M. 1968, S. 5-12 (Anmerkungen S. 447-507).

Ders.: *Vorwort des Herausgebers.* In: Leopold Andrian: *Der Garten der Erkenntnis.* Mit Dokumenten und zeitgenössischen Stimmen herausgegeben von Walter H. Perl. Frankfurt/M. 1970, S. V-XVI (Dokumente und Stimmen S. 63-97).

Ders.: *Der Dichter Leopold Andrian: Frühvollendung und Verstummen.* In: *Philobiblon* 14 (1970), Nr. 1, S. 49-56.

Ders.: *Leopold von Andrian: Die Wiederentdeckung eines Dichters.* In: *Weltwoche Magazin* (3. 7. 1970), Nr. 27.

Ders.: *Ein Dichter des alten Österreich. Begegnung mit Andrian.* In: *Die Furche* (3. 10. 1970), Nr. 40, S. 10.

Ders.: *Nachwort.* In: Leopold Andrian: *Frühe Gedichte.* Herausgegeben von Walter H. Perl. Hamburg 1972, S. 79-86 (Anmerkungen S. 87-90).

Prutsch, Ursula: *Historisches Gedächtnis in kulturpolitischer Machtstrategie: Deutschland, Österreich-Ungarn und die polnische Frage (1915–1918).* In: *Texte zur Wirtschaft* (2. 12. 1999; http://tzw.biz/www/home/article.php?p_id=1904).

Renner, Ursula: *Leopold Andrians „Garten der Erkenntnis". Literarisches Paradigma einer Identitätskrise in Wien um 1900.* Frankfurt/M., Bern 1981.

Rieckmann, Jens: *Narziss und Dionysos. Leopold Andrians „Der Garten der Erkenntnis".* In: *Modern Austrian Literature* 16 (1983), Nr. 2, S. 65-81.

Ders.: *Aufbruch in die Moderne. Die Anfänge des Jungen Wien. Österreichische Literatur und Kritik im Fin de siècle.* Königstein/Ts. 1985.

Ders.: *Leopold von Andrian.* In: *Major Figures of Turn-of-the Century Austrian Literature.* Ed. Donald Daviau. Riverside 1990, S. 31-52.

Rosendorfer, Herbert: *Leopold Andrian-Werburg – Fragment eines Dichterlebens.* In: *Dolomiten* (24. 2. 1965), Nr. 45.

Salten, Felix: *Der Garten der Erkenntnis.* In: *Wiener Allgemeine Zeitung* (Frühjahr 1895).

Scheible, Hartmut: *Literarischer Jugendstil in Wien. Eine Einführung.* München, Zürich 1984, S. 32-49.

Schumacher, Horst: *Leopold Andrian. Werk und Weltbild eines österreichischen Dichters.* Wien 1967.

Simonek, Stefan: *Josef Svatopluk Machars Gegenwelten zur Wiener Moderne (Schnitzler, Andrian, Hofmannsthal).* In: *Germanoslavica* 5 (1998), S. 55-61.

Sorg, Reto: *Aus dem Garten der Erkenntnis in die „Gärten der Zeichen". Zu den literarischen Erstlingen von Leopold Andrian und Carl Einstein.* In: *Sprachkunst* 27 (1996), S. 239-266.

Steiner, Herbert: *Leopold Andrian.* In: *Encyclopedie of Literature.* Vol. I. New York 1946, S. 78-80.

Ders.: *Leopold Andrian: das Fest der Jugend.* In: *Books Abroad* 25 (1951), Nr. 1, S. 50f.

Sternaux, Ludwig: *Leopold Andrian.* In: *Vossische Zeitung* (23. 7. 1918), Nr. 372, S. 2f.

Stix, Gottfried: *Der Sonderfall des Leopold von Andrian.* In: *Studi Germanici* 9 (1971), S. 477-489.

Ders.: *Leopold von Andrian und die Krise des Fin de Siècle.* In: *Akten des Internationalen Symposions „Arthur Schnitzler und seine Zeit".* Bern 1985, S. 284-291.

Stoupy, Joëlle: *„Erwin und Elmire" (1893). Versuch einer Rekonstruktion.* In: Leopold Andrian: *Fragmente aus „Erwin und Elmire".* Herausgegeben, eingeleitet und kommentiert von Joëlle Stoupy. Amsterdam 1993, S. 5-45 (Anhang S. 121-133).

Dies.: *„Maître de l'heure". Die Rezeption Paul Bourgets in der deutschsprachigen Literatur um 1890. Hermann Bahr, Hugo von Hofmannsthal, Leopold von Andrian, Heinrich Mann, Thomas Mann und Friedrich Nietzsche.* Frankfurt/M., Berlin, Bern u. a. 1996.

Sudhoff, Dieter: *Nachwort.* In: Leopold Andrian: *Der Garten der Erkenntnis und andere Dichtungen.* Mit einem Nachwort herausgegeben von Dieter Sudhoff. Oldenburg 2003, S. 197-217.

Tramer, Hans: *Leopold von Andrian.* Tel Aviv 1960.

Wellesz, Egon: *Andrians „Österreich im Prisma der Idee".* In: *Österreichische Akademische Blätter* 2 (1937), Nr. 5, S. 12f.

Wunberg, Gotthart (Hrsg.), unter Mitarbeit von Johannes J. Braakenburg: *Die Wiener Moderne. Literatur, Kunst und Musik zwischen 1890 und 1910.* Stuttgart 1981.

Gedichttitel und Gedichtanfänge

Abschied	99
Alpenübergang	55
Als sah ich uns nach dem Theater	182
Am Abend zwischen 7–9, o Wien	81
Am Karfreitag I	155
Am Karfreitag II	156
Auf seinem Purpur-Ruhebette lieget	63
Besinnst Du Dich, wie einst im Abendwind	157
Cannae	57
Dann sieht die Seele, daß sie nur ihr eignes Träumen fand!	142
Das Gas ist ausgelöscht, doch das Gespenst der Nacht	162
Das ist das Holz, das Kreuzesholz	168
Das sind die Küsse stimmungsschwer	127
Dem Dichter Österreichs	157
Der Achtzehnjährige	149
Der Feste Süßigkeit wenn sie zu Ende gehn	141
Der früheste Morgen	152
Der Mond erblaßt, ein leichter Wind hebt an	152
Der Schwur	49
Der Tod	63
Die dann im lauen Monat Mai	128
Die grelle Kunst, die starke hastige Liebe	166
Die hastigen Küsse der verkauften Fraun	130
Die in des Himmels blassen Atlaspfühl	118
Die kranke Süßigkeit unsrer Nacht	114
Die laute Kunst, die starke hastige Liebe	167

Die schwülen Küsse der verkauften Frau'n 143
Die Sonne war schon lange Zeit hinabgesunken 69
Die Stunden da man von sich weiß 115
Die Welle die sie weiß umschäumt 116
Doch jetzt aus dunkler Zukunft mir entgegenschleicht 70
Drehorgellieder monoton erklingen 74
Du bist den Anemonen gleich 134
Du bist wie eine der wunderschönen Fraun 114
Du bist wie eine jener schönen Frau'n 116
Du bist wie eine jener wunderschönen Frauen 119
Du bliebst Dir gleich
    und Deine fremde Schönheit blieb sich gleich 186
Du gleichest jenen wunderschönen Fraun 113
Du gleichst den wunderschönen Fraun 71
Du hast der Träume wunderbaren Reiz 179
Du hast Dich in den Spiegel dann geschaut 89
Du solltest, liebe Freundin 70
Du starrst das Bild, das rätselvolle, an 122
Ein braungetäfelter, ein niedrig warmer Raum 129
Ein schwüler, regendurstger Maienmorgen wars 118
Eine Locke 138
Es gibt Gefühle, die wir nicht verstehn 165
Es kommt wohl vor, daß man auf Österreichs Wegen 155
Es murmelt sinnlich-lau der Quell 103
Es phantasiert in grauer Pracht 121
Es phantasiert in schwüler Pracht 129
Es phantasiert in trüber Pracht 120
Es scheinet der Mond über ewigem Eis 55

Es schlug fünf Uhr. Die Luft war rein und kühl	184
Es stöhnt in ... zum Gottessohn	79
Es trinkt die todesmüde Erde	125
Es war der Abend vor Deiner Reise	96
Es war von jenen Nächten eine (I)	163
Es war von jenen Nächten eine (II)	164
Es wogt ihr Busen schwer und voll	103
Gleich einer jener hohen Frauen	130
Ich bin ein Königskind, in meinen seidnen Haaren	140
Ich blick die großen Passifloren an	73
Ich denke derer, die wir einstmals kannten	145
Ich gab das Einzige was mein, Dir hin	72
Ich gleiche dem, der krank den Winter lag	153
Ich hab Dich lange sehr betrachtet	92
Ich hab mit unbewußtem Hohn	106
Ich hab so mit allen Fibern Dich geliebt	97
Ich hatte oft an diesen Tag gedacht	99
Ich lieb Dich nicht, wie ich Dich einst geliebt (I)	75
Ich lieb Dich nicht, wie ich Dich einst geliebt (II)	111
Ich liebe Dich Du mystische Anemone	101
Ich liebte stets nur jene Fraun	117
Ich möchte sterben und Du schaust mich lächelnd an (I)	169
Ich möchte sterben und Du schaust mich lächelnd an: (II)	170
Ich sprach zu Dir des Abends einst im Mai	132
Ich träumt daß eines Abends weißer, krankhaft süßer Flieder	90
Ich war des Tages matt zu Haus gewesen	87
Ich wär ein Dichter auch vielleicht geworden	80
Ich weiß ja Freundin, wie Du bist	71

Ich zündete ein Licht und blickte auf die Uhr	185
[Im März, ein Samstagabend. Ende März in Wien]	81
Ja solche Stunden bleiben stets sich gleich	100
Klage der verfolgten Liebenden	139
Küsse	143
Mein Freund, mir ist als wär in dieser Nacht	125
Mein Herz, was hast Du denn getan?	139
Mein Vaterland, mein Österreich	156
Mit ihrem marmorbleichen Leib	126
Mit lauen Nächten und mit schwülen Tagen	188
Mit seiner rätselhaften Traurigkeit	172
Moderne Kunst! Dein Priestertum ist schwer	85
Nach all dem Sterben, das wir überwunden	94
Nachlässig starb, zu langsam starb die Nacht	144
Noch liebt' ich nicht, doch in den Morgenträumen	149, 150
Noch ruhet Nebel auf den Wegen	57
O Du nervöse, unerlöste Nacht	108
O laß mich, laß mich	109
O schön ist noch der erste saugend-süße Schmerz	154
O, könntest Du in meine Seele schaun (I)	131
O, könntest Du in meine Seele schaun (II)	72
Sag an, was soll das tiefe Leid	123
Sag hast Du Dir des Abends manchmal gedacht	109
Saguntum	50
Sahst Du im Spiegel des verträumten Wien	123
Schon am Himmel steht die Sonne	61
Schwarz in der grauen Nacht sah ich den Zug entfliehn	105
Sie hat die müde süße Farbe	138

Sie schwieg und sah mit einem Blick mich an	137
Sie sprach: Hörst Du die Glocken nicht	161
Siehst du's Lager von Narzissen	50
Sinnend steht im Esmuntempel Hamilcar vorm Götterbilde	49
Sonett (Ich bin ein Königskind, in meinen seidnen Haaren)	140
Sonett (Ich denke derer, die wir einstmals kannten)	145
Sonett (Mit lauen Nächten und mit schwülen Tagen)	188
Und Du entschliefst. Bald lagst Du träumend da	101
Und es geschieht, wenn eine Liebe in uns stirbt	183
Und manchmal, wenn die Lippe küßt	127
Und wie Du schleppend die Worte sprachst	124
Vorfrühling	153
Weil jener ew'ge Stimmungsnebel	173
Wenn ein Gedicht Du jemals, Freundin, liest	129
Wer sagte nicht mit sechzehn Jahren	177
Wer weiß ob des Erinnerns so kühle Hand	105
Wie in uns vierzehnjährigen Knaben	174
Wir hatten enge uns umfaßt	89
Wir hatten über Heine auch gestritten	91
Wir möchten die Sekunden halten	181
Wir saßen still an eine Bank gelehnt	90
Wir waren königlich in unsrer Liebe	151
Wir waren müde waren reizbar	74
Zama	61
Zu ihm über seine Küsse weinen	180